Cuentos Para Compartir con Mi Pareja
Libro 3

J. F. Nodar
Northport Booksellers
Spring Farm, NSW, Australia

Impreso para los libreros de Northport en Australia
Cuentos Para Compartir con Mi Pareja Libro 3
Nodar, José F.
ISBN 978-0-9756281-5-7 (impreso)
ISBN 978-0-9756281-6-4 (edición Kindle)
Traducción por: Verónica Martínez Zavala

SOBRE ESTE LIBRO

¿Por qué escribe un individuo? ¿podría ser en busca de fortuna, reconocimiento o fama?

¿Podría ser como una expresión de creatividad?

Tal vez quiera mostrar sus diversas perspectivas.

Algunos individuos quieren representar al lector su reflejo de crecimiento personal o su celebración de la diversidad. Cualquiera que sea la razón que puedan tener estas personas, podría decirse que querían escribir por el placer de hacerlo. Esa es mi razón principal. Si vendo algunos libros, ¡maravilloso entonces!

Mientras alcance el punto de equilibrio y recupere mis costos, seré feliz, pero, si puedo hacer sonreír a un solo lector con estas historias, soy feliz.

Al final, espero haberte dado a ti, lector, la oportunidad de profundizar en mi mente peculiar y contarte un poco de mí.

AGRADECIMIENTOS

Ante todo, deseo agradecer el apoyo espiritual y moral que recibí de mi esposa, Miriam V. Nodar.

¡Te dedico este libro, Red!

Sin este apoyo y los numerosos desayunos, almuerzos y cenas que ella ha preparado para mí durante nuestros veintitantos años de matrimonio, no tendría fuerzas para sentarme frente a una pantalla y golpear las teclas.

En segundo lugar, me gustaría agradecer a todos mis lectores que se suscribieron a mi boletín y a aquellos lectores que compraron mis libros anteriores.

¡Sus comentarios, conocimientos y aliento me mantienen activo todos los días para sentarme, soñar y golpear las teclas!

TABLA DE CONTENIDO

EL TESORO ESPERA

¿Recuerdas cuando tenías nueve años y alguien dijo: "El tesoro te espera"? Bueno, yo lo recuerdo, y puede que no me creas, pero si a la temprana edad de setenta y nueve años, mi mejor amigo, Artie, me dijera esas mismas palabras por segunda vez, ¡En mi vida me espera un tesoro!

Allí estaba sentado, en mi taburete favorito en el pub Twelve Bells en Northport cuando Artie entró, me dio una palmada en la espalda y suavemente susurró en mi oído esas palabras: "¡El tesoro te espera!".

Ahora, las palabras removieron algo en mi corazón porque, siendo un hombre mucho más joven, me aventuré en muchos lugares en busca de tesoros u oportunidades, pero a medida que la edad avanzaba, disminuí la velocidad hasta el punto en que muchos días simplemente podía encontrar mis lentes. Clasificados como tesoro.

"Artie. 'El Tesoro espera'. ¿De qué demonios estás hablando?".

Sentándose, Artie mira hacia la izquierda y luego hacia la derecha, como si inspeccionara todo el pub para asegurarse de que nadie pudiera oírnos. Además de Angus, el barman al otro extremo de la barra mirando el pequeño televisor en la pared, no había nadie a nuestro alrededor.

"Escuché que el anciano Barton en Northport Shady Rest Home tiene un tesoro escondido en su habitación. Necesitamos visitarlo y 'adquirir' su tesoro. ¿Estás dentro?".

"Viejo Barton", dice Artie. "¡Barton tiene ochenta y un años, sólo dos años más que yo, y Artie lo llama anciano!".

"¿De qué estás hablando, Artie? ¿Qué tesoro?".

"Caray, Jimbo, ¿no te has enterado?".

La cabeza de Jimbo se movía a un lado y al otro.

"Déjame decirte lo que escuché", y Artie acerca el taburete a mí y comienza a contarme lo que sabe.

"Jimbo, durante la Segunda Guerra Mundial, el viejo Barton fue designado conductor del general estadounidense Smith. El general Smith tuvo la extraña tarea de intentar colaborar con algunas de las extrañas atracciones que Adolf Hitler tenía sobre lo sobrenatural.

Hitler ordenó a sus Schutzstaffel, o SS, como comúnmente los llamamos ahora, que encontraran estos objetos paranormales. Luego, el ejército estadounidense encargó a la unidad del general Smith que buscara los mismos objetos místicos que Hitler creía que podrían usarse para promover la guerra a favor de la Alemania nazi. Has oído hablar de ello. ¿No es así, Artie?".

De nuevo, simplemente negué con la cabeza.

"Hola Angus, ¿qué tal una cerveza VB y la pones en la cuenta de Jimbo?".

Angus aparta la mirada del televisor, agarra una lata de VB, la desliza sobre el largo mostrador hacia Artie y regresa al programa sin sentido en la tele.

Artie quita la tapa de la lata y casi se traga toda la cerveza de una sola vez, pero puedo sentir que dejó un poco en el fondo para saborearla más tarde.

"No. No, no he oído hablar del servicio militar de Barton ni de ninguna unidad especial del Schutzstaffel. ¿A qué te refieres, Artie?".

Artie sonríe como un gato de Cheshire, toma el último sorbo de su VB, golpea la lata y exclama: "Tiene oro nazi escondido en su habitación en Northport Shady Rest Home".

"Angus, otra cerveza y ponla en la cuenta de Jimbo".

Angus gira como un bailarín de balé y desliza la segunda VB hacia Artie, quien nuevamente repite su ritual y casi termina la cerveza de un trago.

"Artie, ¿qué quieres decir con que tiene oro nazi escondido en su habitación? ¿Lo has visto?".

"No, Jimbo, pero escuché de un amigo de un amigo del viejo Barton, que Barton le mencionó este hecho, así que tiene que ser cierto".

"Artie, sabes que hay un horario de limpieza regular en cada habitación privada en Northport Shady Rest Home y no hay manera de que Barton pueda esconder oro y el equipo de limpieza no lo haya encontrado. Dios mío, incluso el personal de enfermería lo vería. ¿Quizás escuchaste mal?".

"No, Jimbo, el viejo Barton lo ha escondido a plena vista, me dijeron, y ahora tenemos la oportunidad de arrebatárselo y navegar hacia Fiji con las ganancias del oro. ¿Estás interesado en participar?".

Pienso en esto.

Nunca me gustó mucho Barton antes de que fuera a la casa de reposo. Solía venir al Twelve Bells y se pavoneaba como si fuera el dueño del lugar. Acaparando la mesa de billar y coqueteando con Christy, Sue y las otras damas que frecuentaban el pub en la noche de trivia, así que realmente no me agradaba en absoluto. Además, aunque la pensión del ejército es generosa, hoy en día es difícil vivir con 967,50 dólares cada quince días, así que, teniendo en cuenta estos puntos, le di a Artie mi respuesta.

"Está bien Artie, me convenciste. Ahora, ¿cómo hacemos para encontrar este tesoro?".

Con una gran sonrisa, Artie mira a Angus: "Otra VB Angus y ponla en la cuenta de Jimbo".

Jimbo mira rápidamente a Angus y dice: "Oye, sigue con Artie, yo también tengo una pensión, ¿sabes? Ésta es la última".

"Bueno, tengo un plan y puede funcionar espléndidamente contigo ahora. Déjame explicarte", mientras Artie toma la lata de VB que Angus le había presentado nuevamente y saborea la cerveza.

"Los jueves por la noche en Northport Shady Rest Home, realizan un espectáculo de talentos y Barton es un participante habitual y, según lo que me han dicho, realiza su acto de malabarismo con unas pelotas de goma. Propongo que nos invitemos al espectáculo de talentos y mientras el viejo Barton hace su acto, nos escabullimos con cualquier pretexto y entramos en su habitación y encontramos el oro nazi. Mira, un plan muy sencillo".

"¿Tu plan es simplemente hurgar en su habitación hasta que lo encontremos? No sabes cuánto oro tiene ni dónde lo tiene escondido. ¿Verdad Artie?".

Artie arrastra las palabras un poco y me responde: "Sí y no. Está en su habitación, debajo del alféizar de una ventana, pero no sé cuál".

"Entonces, ¿cómo abrimos el alféizar de la ventana? Tendremos que traer una palanca o algo así, y estoy seguro de que hoy en día inspeccionan los paquetes cuando vas a una casa de reposo. ¿No es así?".

"No, Jimbo, esto no es como la seguridad de un aeropuerto. No se están realizando pruebas de detección. Simplemente nos registramos; damos nuestro nombre y un apellido falso. Llevamos un abrigo grande, porque todavía hace frío por la noche, donde escondemos la palanca. Vemos el programa un poco, esperamos a que Barton continúe y luego vamos a su habitación y sí, cada uno de nosotros tendrá una palanca y unos guantes puestos para no dejar huellas dactilares, y sacaremos la madera de la parte superior del alféizar de la ventana hasta encontrar la cavidad correcta con el oro. Nos metemos el oro en los bolsillos y salimos y, como dice el refrán: 'Bob es tu tío'".

Bueno, parecía bastante simple para funcionar, así que acepté traer dos palancas y el jueves siguiente por la noche, Artie y yo llegamos, nos registramos, vimos el espectáculo de talentos y esperamos a que Barton subiera al escenario.

Llega el momento, y cuando Barton comienza su actuación, Artie y yo salimos y nos dirigimos a su habitación. Encontramos la puerta abierta y nos deslizamos dentro y cada uno de nosotros va a una de las dos repisas de la ventana y comienza a hacer palanca en la parte superior de las repisas hasta que podemos ver el interior de la cavidad.

Nada. Absolutamente nada dentro de las cavidades excepto polvo y telas de araña.

Rápidamente volvemos a poner las palancas debajo de nuestros abrigos y regresamos al espectáculo para ver al viejo Barton terminando su concierto.

Estaba brillando, con una sonrisa que casi iluminó la habitación cuando el foco lo alcanzó, y juro que nos estaba mirando directamente a Artie y a mí.

Después del espectáculo, Artie y yo regresamos al Twelve Bells para tomar una copa por la noche.

"No hay ningún tesoro, nada. Todo lo que escuchaste fueron rumores. Ahora bien, si la policía se involucra, podríamos ir a la cárcel y no tener nada para compensarlo. En qué lío nos metiste".

"No lo entiendo, Jimbo. Estoy seguro de que allí hay oro nazi. Las historias tienen que ser ciertas. Deben ser verdad. ¿Cómo puede el viejo Barton permitirse quedarse en casa? La pensión militar no puede cubrirlo por sí sola. Tiene que estar allí".

Nos sentamos en el bar a tomar unas copas más cuando notamos que el viejo Barton entraba y se sentó junto a Artie.

"Veo que ustedes vinieron a ver mi espectáculo. Espero que lo hayan disfrutado".

"Sí, lo hicimos", respondí.

"¿En realidad? Los vi a ambos escabullirse justo cuando comencé mi concierto y regresar justo antes de terminar, así que me pregunto cuánto lo disfrutaron realmente ya que se perdieron la mayor parte. Estoy aquí porque tengo curiosidad. ¿Saben quién pudo haber entrado en mi habitación y desmantelado los alféizares de mis ventanas?".

Artie casi le grita al viejo Barton, golpeando su vaso: "Bastardo. Sé que robaste oro nazi y lo tienes escondido en casa", y sale furioso del pub.

Mientras vemos a Artie irse, el viejo Barton se gira hacia mí y, nuevamente, con la sonrisa más brillante, dice: "¡Ahí está mi oro nazi y me lo llevaré cuando me vaya!".

Sí, el tesoro aguardaba, y todo estaba en empastes de oro en los dientes del viejo Barton.

LA NIEBLA

La niebla cubre mi uniforme de boy scout, haciéndome sentir húmedo, e incluso, oler mal. Quien creyó que ésta sería una excursión divertida no había pensado en absoluto en este plan. ¿Por qué ir a acampar al pantano de Okefenokee en febrero? ¿Por qué razón plausible se le ocurriría a alguien una idea tan loca?

Aquí estamos la tropa 2537 de Travelers Roost Georgia, cerca de la frontera entre Georgia y Florida, caminando en la brumosa oscuridad hacia, bueno, quién sabe dónde, pero el líder explorador parece tan perdido como un fantasma en un cementerio y la niebla es tan espesa que apenas puedo ver frente a mí.

De repente, hay un golpe en mi hombro. "Bobbie, ¿tienes alguna idea de hacia dónde nos dirigimos? El viejo Thompson parece perdido".

"No Pauly, ni idea, y sí, estoy de acuerdo, el viejo Thompson parece perdido y ¿quién no lo estaría? Ni siquiera se puede ver la luna en esta niebla".

"Él va a hacer que nos maten", dice Mikey, detrás de Pauly y casi invisible en la niebla.

"No, él no hará que nos maten, Mikey. El viejo Thompson ha estado dirigiendo la tropa 2537 durante los últimos veintitrés años. Mi hermano mayor, Thomas, era miembro cuando tenía mi edad y me contó algunas grandes historias sobre el viejo Thompson. Dijo que el viejo Thompson siempre era muy divertido y que muchas aventuras sucederían cuando fuéramos a acampar. Estoy seguro de que estaremos bien".

"Espero que tengas razón Bobbie, porque te digo que este lugar me está dando escalofríos. ¿A quién se le ocurrió venir aquí?".

"Creo que a nuestros padres sí", dijo Pauly. "Recuerdo haberlos escuchado cuando nuestra última reunión de exploradores se celebró en el ayuntamiento en octubre. ¿Recuerdas Bobbie?".

"Sí, recuerdo que mis padres estaban muy emocionados y dijeron que también sería 'un viaje educativo'. Bueno, no creo que aprendamos nada en este viaje más que cómo mantenernos secos. ¿Están tan empapados como yo? Se está volviendo un poco excesivo". Dije.

"Tienes razón, Bobbie. Recuerdo que mi madre dijo algo acerca de que este viaje era educativo, pero ahora me pregunto si tenían otras ideas sobre el viaje", dijo Pauly.

"¿Qué quieres decir?", pregunta Mikey, resbalándose sobre un tronco mojado.

"No lo sé, Mikey. Quizás nuestros padres le pagaron al viejo Thompson para que nos trajera a este pantano y nos perdiéramos y termináramos siendo devorados por uno de los muchos caimanes que viven en Okefenokee. Eso es posible, ¿verdad Bobbie?". Sugirió Pauly.

"¿Quieres callarte? ¿Cómo puedes pensar que nuestros padres quieren deshacerse de nosotros? Mi abuela siempre habla de la alegría que les doy a mis padres. ¿Tu abuela no dice lo mismo de ti?". Apenas podía ver sus cabezas asintiendo a través de la niebla, pero entendieron mi punto.

"Ahora, concéntrate en dónde vamos en caso de que el viejo Thompson se haya perdido y tengamos que encontrar el camino de regreso al autobús".

"Tengo miedo, Bobbie. Leí que hay alrededor de un millón de caimanes en este pantano y estoy seguro de que nos vamos a topar con uno de ellos en esta noche oscura. ¿Qué es eso? ¿niebla?".

"No seas estúpido, Pauly. No hay un millón de caimanes en el pantano de Okefenokee. ¿No oíste al viejo Thompson explicarnos eso en el autobús de camino? Dijo que hay entre diez mil y quince mil caimanes en el pantano. No un millón. ¡Eres un tonto!", respondió Mikey.

"¿A quién llamas tonto? ¡Tonto!" fue la rápida respuesta de Pauly.

"¡Ambos guarden silencio!". Casi les grité porque pensé que había perdido de vista al viejo Thompson por un momento, luego vi esta gran sombra parada a unos seis metros frente a mí.

"Acamparemos aquí para pasar la noche".

Eso fue todo.

"Toda esta caminata por estos bosques y eso es todo". Dijo el anciano Thompson mientras dejaba caer su mochila y señalaba con un movimiento circular para que acampáramos.

"Oh, estamos acabados", dijo Pauly. "Nos quiere en un círculo para poder acorralarnos como a un rebaño de vacas. Estamos acabados".

"Bobbie, ¿vamos a estarlo?", pregunta Mikey.

"Por supuesto que lo estamos". Respondo y, sin embargo, normalmente el viejo Thompson hacía un gran revuelo al seleccionar un lugar para acampar, y esta vez se mostró casi misterioso al respecto. Mientras miraba a Pauly y Mikey, vi el pánico en sus rostros y el pánico ahora estaba haciendo cosas en mi mente.

"Ahora, chicos. El viejo Thompson sabe lo que está haciendo. Ha estado haciendo esto durante mucho tiempo. Estamos bien". Dije, sonando confiado.

"Maldita sea, Bobbie; No puedo ver a tres metros delante de mí. Por lo que sabes, es posible que estemos al borde del pantano y los caimanes nos vayan a comer", dijo Pauly.

"Tiene razón, Bobbie", dijo Mikey.

"¿Adónde fue el viejo Thompson? ¿Alguien lo ve?".

Rápidamente nos dimos la vuelta y exploramos el área; Aparte de su mochila, no pudimos ver al viejo Thompson.

"Te dije que nos iba a matar", dijo Pauly.

"¿Quizás lo atrapó un caimán?". Dijo Mikey.

Antes de que pudiera responder, escuchamos una voz incorpórea a través de la niebla: "Será mejor que ustedes, muchachos, se den prisa y hagan la tienda. Se hace tarde y tenemos un día ajetreado por delante. Ya hice mi carpa y me voy a dormir. Dense prisa ahora".

Sin decir palabra, Pauly, Mikey y yo sacamos nuestras tiendas de campaña de nuestras mochilas y las montamos rápidamente, y nos aseguramos de que las tiendas de campaña estuvieran más cerca de lo normal, lo que nos dio a cada uno un poco de tranquilidad de que estaríamos bien durante la noche.

Cada uno de nosotros entramos en nuestras pequeñas tiendas y nos fuimos a dormir, sólo para ser despertados por voces en la niebla.

"¡Hola, chicos! ¿Oyen esas voces?", pregunta Mikey mientras asoma la cabeza fuera de la tienda.

"Sí", responde Pauly. "¿Crees que son fantasmas?".

"Vamos chicos; están dejando volar su imaginación aquí. Podría ser cualquier cosa. Además, todavía es como sopa de guisantes y no se ve nada. Ni siquiera la tienda del viejo Thompson y no ha dicho nada. Así que vuelvan a dormir". Les digo.

"Tienes razón, Bobbie. No es nada", dijo Pauly.

"Sí, nada", coincidió Mikey.

Y, sin embargo, mientras yacía en mi tienda, escuché las voces.

Suaves, agudas, susurrantes, pero no lograba entender lo que decían y la verdad es que no pensé en averiguar dónde estaban las voces, pues nada me incitaría a salir a esa niebla a investigar. Mi mente seguía intentando descifrar las voces y poco a poco se fueron desvaneciendo;

Antes de darme cuenta, también me desvanecí en la tierra de los sueños.

Llegó la mañana y cuando la niebla desapareció, salimos de nuestras tiendas y encontramos al anciano Thompson parado cerca hablando con una señora también vestida con uniforme de explorador que parecía bastante agitada, y de repente el viejo Thompson se da vuelta y se dirige hacia nosotros, casi gritando.

"Escuchen. Estamos levantando el campamento y moviéndonos. Anoche acampamos cerca de una tropa de niñas exploradoras y no las vimos debido a la niebla, y su líder exploradora no confía en que nos comportaremos. Entonces, hagan las maletas pronto. Vámonos, muchachos".

Eso fue todo. Las voces explicaron: Nadie iba a desaparecer ni a ser devorado por un caimán. ¡Todo lo que la niebla había hecho era plantarnos cerca de un grupo de chicas!

Bueno, mi hermano mayor dijo que el viejo Thompson era muy divertido. ¡Quizás ya había hecho esto antes!

MI COMBI EL RED BUG

Podría haberle puesto cualquier nombre. Tiene varios nombres. Por ejemplo, en Alemania la llaman Bulli, mientras que en Inglaterra la llaman camper. En Estados Unidos se refieren a ella como autobús. En México se refieren a ella como el vocho. En Australia todo el mundo la llama Combi. Mi nombre para ella es especial, porque ella es mi "Red Bug".

Me enamoré de ella cuando tenía dieciocho años, pero no podía pagarla, ya que acababa de terminar la secundaria y decidí en qué universidad continuar mi educación, pero la vida tiene una manera de decidir por ti a veces.

En el verano de 1968, mis padres invirtieron en un restaurante en San Juan, Puerto Rico, y después de la secundaria, me dirigí allí y nunca volví a ver mi Red Bug.

Mi vida como restaurantero fue interesante, con muchas horas y conociendo a personas extremadamente interesantes. A pesar de ello, aprendí una cosa: el negocio de la gastronomía no era para mí.

Después de dos años en el restaurante, les di la noticia a mis padres de que estaba fuera del negocio familiar y volé de regreso por ella, sin saber si la encontraría, porque había pasado mucho tiempo desde la última vez que la vi. Estaba decidido, y aunque sabía que la búsqueda sería difícil, aun así, dejé San Juan y regresé por ella, mi Red Bug, dondequiera que estuviera.

A través de conexiones, encontré un trabajo que me llevó a trabajar en un banco, un ámbito en el que nunca pensé que me encontraría. No en la banca, como en una sucursal durante el día, que es lo que la mayoría de la gente piensa cuando dices que trabajas en un banco, sino en las entrañas de la institución, por la noche, en el centro de operaciones.

Aquí la maquinaria de la industria bancaria trabaja las veinticuatro horas del día, trescientos sesenta y cinco días al año, asegurando que los pagos vayan de cuenta en cuenta y asegurándose de que los débitos sean iguales a los créditos. Abrió mi mente a un mundo de posibilidades.

En este mundo crepuscular de cheques, trabajo y sigo buscando mi Red Bug. Ahora que trabajaba a tiempo completo, tenía fondos. Todo lo que tenía que hacer era encontrarla. Trabajar de noche me dio la oportunidad de buscar en la sección de clasificados del periódico y buscarla. Hacía esto todas las mañanas y regresaba al banco cada noche para cumplir con mis obligaciones, pero siempre la tenía en mis pensamientos.

Quiso la suerte que conociera a una compañera de trabajo llamada Raquel, y nos llevamos bien. Disfrutamos de la compañía del otro. Nuestros intereses eran similares y nos sentíamos tan a gusto el uno con el otro que el matrimonio fue un pensamiento del que incluso hablamos, y yo estaba listo para hacerlo ese fiel miércoles por la noche.

En esta noche de miércoles increíblemente especial, ambos tuvimos la noche libre y nos reunimos para cenar en un café al aire libre cerca de la estación de tren Peachtree Battle. Quería que todo fuera perfecto. Me aseguré de que la reserva fuera para una mesa agradable y aislada al aire libre, con mucho aire fresco y el menor tráfico peatonal posible, para garantizar que no hubiera interrupciones. Las flores (orquídeas, si quieres saberlo) de una floristería cercana llegaron a tiempo, tal como las pedí, y el personal de la cafetería se aseguró de que el florero estuviera sobre nuestra mesa, esperándonos.

Al llegar un poco temprano para asegurarme de que todo estuviera en su lugar, me alegré de que los servidores hubieran atendido todas mis solicitudes de manera espléndida. Todo lo que tenía que hacer ahora era esperar a que llegara, disfrutar de nuestra cena y luego proponerle matrimonio justo antes del postre. Tenía el anillo listo en mi bolsillo y me sentí nervioso. Pensé: "¿Era este el momento adecuado de mi vida?".

Ella se acerca a mí y sonríe y puedo sentir que la velada será fantástica, romántica y satisfactoria. Pedimos unas copas, vemos pasar a algunos peatones y sonreímos mucho. También pasan muy pocos vehículos, ya que los miércoles por la noche son una noche tranquila en el área de Peachtree Battle, así que elegí el café y la noche. "Todo va según lo planeado", pensé.

Terminamos nuestras bebidas y ordenamos nuestras comidas y una segunda ronda de bebidas. El aire de la noche es fresco, no frío.

Llega la comida, parece suntuosa, comenzamos y disfrutamos de las delicias que cada uno había elegido para la noche. Mi nerviosismo se nota y ella me pregunta si pasa algo. Respondí que no pasaba nada, tomé un sorbo de mi bebida y sonreí. Ella me devuelve la sonrisa.

Terminamos nuestras comidas y miramos el menú de postres, que era mi señal para levantarme y proponerle matrimonio, cuando vi al primer amor de mi vida llegar y detenerse frente a mí.

Al otro lado de la calle está mi Red Bug, tan hermosa como siempre.

Noto que un joven se está preparando para salir, así que me disculpo y corro hacia él y, a medida que me acerco, noto el cartel de "Se vende".

¡Mi Red Bug está a la venta!

Sin dudarlo, le pregunto al joven cuánto quiere por ella y me da el precio. No sé qué hacer. Todos mis ahorros se destinaron a adquirir el anillo de compromiso, 4.500 dólares. Haciendo acopio de valor, le muestro el anillo. Le pregunté si aceptaría el anillo por mi Red Bug. Se ríe de mí, pero cuando le muestro el comprobante de venta y el precio, sonríe y entra en mi Red Bug; Abre la guantera, saca los papeles de matrícula y me cede el Red Bug.

Nos dimos la mano y tomó el anillo de compromiso; Él siguió su camino alegremente y me di vuelta y vi a mi cita sentada en la mesa mirándome, estupefacta por lo que estaba pasando.

Volviendo a la mesa, me siento y le explico lo que había pasado y cómo el destino me había reunido con mi Red Bug. Le expliqué mis planes para la noche y lo que había hecho mostrándole las llaves. Esperaba que ella me diera alegría, pero recibí un ultimátum: "¡Soy yo o esa monstruosidad roja!".

Mientras conducía a casa esa noche, me alegré de haber encontrado mi Red Bug, pero yo sé que el próximo día va a hacer un poco complicado en el banco, ya que Raquel tuvo que coger un Uber para su casa. Y no estaba contenta conmigo. No importa. Tengo a mi red Bug conmigo ahora.

CUANDO LLEGA EL FUTURO

Es muy fácil no pensar en el futuro; ¿sabes? Realmente no piensas en eso. Cosas como el matrimonio, la jubilación, e incluso, la muerte. El futuro es algo que sucede más tarde, cuando asumes que estás preparado para él. Ese no es el caso estos días. En la década de 2100, las cosas avanzan rápidamente, por lo que hay que empezar a planificar realmente.

Los nuevos padres inscriben a sus hijos en sus escuelas preferidas semanas después de su nacimiento, sin importar si el niño está calificado o no. Ahora todo está conectado, cableado, como dirían algunos, y eso pasó con Mary Allison Bronston.

Mary nació el 8 de enero de 2172 en una familia de clase media en Spring Valley, Australia Occidental. A las siete horas de edad, los médicos del Royal Birthing Hospital le imprimieron a Mary todos los detalles de su familia, incluida la clasificación de su familia en las redes sociales y los informes de crédito, garantizando así que Mary pudiera, cuando cumpliera un año, postularse a la escuela de su madre. Elección de los padres.

Los padres de Mary hicieron exactamente eso e inscribieron a Mary en el Centro de Aprendizaje First Steps en Spring Valley y, en cuestión de minutos, su solicitud fue aceptada y Mary ahora estaba en camino hacia su futuro.

Estos primeros años fueron sustanciales en el desarrollo de Mary y en su preparación para su futura carrera, que elegiría una vez cumpliera los veinticuatro años. Desde esos primeros días en el Centro de Aprendizaje First Steps hasta sus años intermedios de escuela en la Escuela Primaria 2301 en Spring Valley, el desarrollo de Mary avanzó rápidamente. Ella demostró que aprendía rápido. Más tarde, se destacó en la escuela secundaria en el respetado Girls High Technology College. Luego aceptaron a Mary en la prestigiosa Universidad Tecnológica de Australia Occidental. Mary sólo logró las puntuaciones más altas en todos los niveles.

Desde sus primeras habilidades de escritura hasta la química biogenética en la escuela secundaria y la mecánica cuántica mientras estaba en la universidad, Mary siempre fue el delirio de sus profesores y la envidia de sus compañeros. Los logros de Mary a lo largo de su vida hicieron que sus padres se sintieran orgullosos de ella. Desde el momento en que obtuvo su "primera estrella" en primer grado hasta su "premio al mérito" mientras estaba en octavo grado y luego se graduó magna cum laude en la escuela secundaria y alcanzó la cima de su gloria como mejor estudiante de su clase universitaria: la clase de 2196. Mary luego superó esto al recibir muchas ofertas para puestos en organizaciones de alta tecnología como: Meta, Alphabet, Moonlight Enterprises y Mars Industries.

Un día trascendental, después de recibir una carta en el correo de la mañana, Mary invitó a sus padres a la sala de estar. Su padre pasó el brazo por los hombros de su madre y la acercó para sofocar la emoción conjunta.

"Mamá, papá", agitó una carta,

"Sí, querida", respondió su madre.

"He decidido qué oferta de trabajo aceptar".

Los padres de Mary no pudieron controlar su entusiasmo y su padre simplemente soltó: "¿A qué organización te unes, cariño?".

"Mamá, papá, decidí que mi carrera preferida sería la entrega de pizzas buceando en Key West, Florida, para la franquicia Water Pizza de Peter y Glady Pancetta".

Cuando llegó el futuro, Mary estaba lista, pero no de la manera que sus padres esperaban.

GRUPO DE INVERSORES ÁNGEL

"Te lo estoy diciendo; es una buena inversión. Una de las mejores posibles en la Tierra verde de Dios. ¿Por qué dudarías de mí?", pregunto al pequeño grupo que asiste a mi seminario sobre estrategias y opciones de inversión alternativas.

Un pequeño grupo de bichos raros, en realidad, si lo piensas con sólo mirarlos.

Está Sally Kitterman, bibliotecaria jubilada con cuarenta años de experiencia, supervisando solicitudes individuales de situaciones tan banales como las necesidades de espacio de oficina para el club de lectura local o la búsqueda de un libro sobre tejido.

Larry Stark está sentado al lado de Sally. Larry, también retirado, es un bombero veterano que ha visto más tragedias humanas de las que he leído en un libro.

Al lado de Larry se sienta el "profesor". Bueno, lo llaman "profesor" porque simplemente tiene esa mirada.

Bill Ludlum simplemente luce perfecto. Trae esa confianza a una habitación simplemente sonriendo, durante treinta años fue ingeniero jefe en el Departamento de Saneamiento de Northport. Sí, Bill recogía la basura de Northport cada semana desde la comodidad de su vehículo con aire acondicionado, y aquí estaba, sentado con nosotros como si fuera un amigo cercano de Elon Musk.

El pequeño grupo tiene otras dos personas (gemelas), Mary Liz Bennett y Elizabeth Marie Bennett, que se identifican con orgullo como gemelas polares. María e Isabel tardaron unos treinta minutos (cada una se presentó al grupo y explicó cómo se convirtieron en gemelas polares. Según las hermanas, parece que cuando el ovario de una mujer libera un óvulo, el óvulo podría dividirse en dos mitades, la más pequeña de las cuales se llama cuerpo polar. Este óvulo ahora contiene todos los cromosomas necesarios para unirse con un espermatozoide y crear un bebé. Pero como generalmente contiene poco citoplasma o líquido, a menudo es demasiado pequeño para sobrevivir. Sin embargo, es posible que un cuerpo polar pueda sobrevivir y ser fecundado, mientras que la mitad más grande del óvulo original también podría ser fecundada por espermatozoides separados. El resultado, según las hermanas: gemelos polares.

Así que aquí estoy, un miércoles a las 7 de la tarde en la biblioteca de Northport, dando una conferencia sobre oportunidades potenciales en el mercado de capital privado, y todo lo que pude reunir para una audiencia es este pequeño grupo de potenciales inadaptados como inversores.

Después de repartir los manuales con todo el material de investigación y completar mi presentación de PowerPoint, repetí mi salva inicial: "Te lo digo; es una buena inversión. Una de las mejores posibles en la Tierra verde de Dios. ¿Por qué dudarías de mí?".

Cinco rostros sombríos y perdidos me miran fijamente.

"Tengo una pregunta para usted", dice Bill Ludlum. "¿Cómo sé que esta inversión es tan segura como usted dice?".

"Gran pregunta, Bill", responde Sally, fomentando un poco de murmullo en el grupo pequeño, y antes de que pueda responder, lanzaron otra pregunta a la mezcla.

"Sí, ¿cómo puedes decir que es seguro? ¿No son todas las inversiones un juego de azar? ¿Incluso éstas?", declara un sonriente Larry Stark.

"No estoy convencida", dice Sally, hojeando el manual hacia adelante y hacia atrás como si la respuesta fuera a caer de las páginas y les diera a todos en la sala la respuesta que quieren escuchar.

Al unísono, Mary Liz y Elizabeth Marie afirman: "No estamos seguras de los factores de seguridad de esta inversión. Incluso el nombre del fondo nos resulta sospechoso".

Me quedo ahí, estupefacto. Una presentación de PowerPoint perfectamente presentada fue en vano. Nada de lo que dije llegó al cerebro de estas personas.

"Gente, por favor cálmense un poco. Déjenme ver si puedo responder a sus inquietudes una por una". Dije de la manera más profesional que pude reunir sin perder la calma.

"Primero", señalo la presentación, "¿hay preguntas sobre la filosofía de inversión que les traigo esta noche?".

Silencio.

"¿Parecen estar de acuerdo conmigo en que mi enfoque de inversión es sólido y está respaldado por buenos consejos prudentes?".

Las cabezas asienten hacia lo positivo.

"Excelente. Calculo que los rendimientos serán modestos y en línea con los fondos contemporáneos de la industria, mientras que el gasto es bastante modesto en comparación con otros fondos. ¿Estamos de acuerdo con estos hechos?".

Las cabezas vuelven a asentir a lo positivo.

"¿Les he explicado su compromiso de inversión y entonces se entiende fácilmente?".

No veo nada más que asentir afirmativamente con la cabeza por tercera vez.

"¿Qué más necesito aclararles esta noche para que podamos seguir adelante con esta oportunidad de inversión?", pregunto.

Esta vez fue Elizabeth Marie la que habló primero: "Estas colecciones de las que hablas incluyen una amplia gama de artículos. Colecciones de vinos raros, autos antiguos, sellos e incluso tarjetas de béisbol. Esto significa que cuando invertimos en estos, compramos y mantenemos artículos físicos con la esperanza de que el valor de los activos se aprecie. Esperamos entrar cuando el precio sea bajo y adecuado para invertir y entonces estaremos dentro. ¿Estoy en lo cierto?".

"Eso es correcto", respondo. "Estas inversiones pueden ser más divertidas e interesantes que otros tipos, pero pueden ser tan riesgosas como cualquier otra inversión debido a los costos inflados de adquisición durante el proceso de licitación. Tampoco recibirá ningún pago anual, como dividendos u otros ingresos, hasta que se vendan. Finalmente, se generan costos adicionales con el almacenamiento, el seguro y el cuidado de los artículos. Lo que aporto a esta oportunidad es la habilidad requerida en la inversión en coleccionables, mi experiencia. Soy un experto y usted puede esperar retornos razonables de su inversión cuando se incorpore".

"Todo eso lo sabemos", dice Bill Ludlum. "Hablamos entre nosotros durante nuestra pequeña pausa para tomar café. Lo que queremos saber: ¿pueden garantizarnos que al final nos aceptarán?".

Ahora fue mi turno de quedarme estupefacto, porque sentí que debía haber tenido una cara sombría y perdida similar cuando me hicieron esta pregunta.

"Bill, estoy un poco confundido por tu pregunta. ¿Qué quieres decir con que si puedo garantizar que te aceptarán al final?".

"Sí, eso es correcto", interviene Sally, y las gemelas asienten. El profesor también me mira fijamente en busca de respuestas.

"Una vez que firme en la línea de puntos y transfiera sus fondos, su participación en Angel Investors Group está garantizada; Sin embargo, las devoluciones no están garantizadas. Aquí es donde se invierte y se espera la rentabilidad". Di mi respuesta firme.

"Entonces, ¿no hay garantía de que veamos las puertas del cielo cuando muramos?". Dijeron al unísono.

"¿De qué estás hablando?", exclamé.

"¿El Angel Investors Group no es una sociedad de inversión que permite a los humanos llegar al cielo?", pregunta Mary Liz.

"¡No! Angel Investors Group es una empresa de inversión alternativa que ofrece asesoramiento financiero sólido para ayudar a las personas a jubilarse y, una vez jubilados, a vivir de sus inversiones. ¿Qué pudo haberte hecho pensar que yo podía garantizarte que irías al cielo?". Hablé.

"¡Tu nombre!", dijeron todos, señalando la presentación de PowerPoint con letras mayúsculas que detallaban claramente el nombre de mi empresa: Angel Investors Group.

Cuando salí de la biblioteca esa noche sin ninguna venta, comencé a pensar que, tal vez, debería diversificar un poco mi enfoque de inversión y tal vez, si la gente está interesada en ir al cielo, podría haber un producto que pudiera vender. Podría llamarlo simplemente religión.

EL PASE

"Sólo espera hasta que ella no mire", dijo Billy mientras continuaba poniendo el puré de papas en su cuchara y sumergiéndola en la salsa. Mientras Billy hacía eso, Michael, Bobby y yo mantuvimos la vista fija en nuestros platos y continuamos almorzando.

El almuerzo de hoy fue simplemente horrible. Puré de patatas, guisantes y zanahorias, plato fuerte e hígado de ternera. ¿Por qué demonios las monjas pensaban que a los niños les gustaría comer hígado de ternera o guisantes y zanahorias? El puré de patatas estaba bien; Quiero decir, las papas fritas provienen de las papas, así que, si alguien pensara que, en lugar de freírlas, podrían triturarse y convertirse en una masa blanda y esponjosa, ¿por qué no hacerlo? Además, la salsa que echaste en el puré de patatas hizo que todo el esfuerzo valiera la pena. Pero el hígado de ternera... eso tenía que ser un sacrilegio.

"¿Está mirando en nuestra dirección?", preguntó Billy de nuevo.

"No", fue la respuesta que salió de la boca de Bobby mientras continuaba atiborrándose de guisantes y zanahorias. "La hermana Katherine está hablando con la hermana Beatrice junto a la ventana, pero está terriblemente cerca de la mesa de Martin. Esto no funcionará, te lo digo. No funcionará". Miré a la hermana Katherine: no sonríe. "Ella nunca sonríe. Esa monja simplemente no sabe divertirse. Te lo aseguro, no tiene sentido del humor".

"Cállate Bobby. Va a funcionar. Tiene que funcionar y ¿a quién le importa si la hermana Katherine sonríe, se ríe o no?", replica Michael mientras él también se come su ración de guisantes y zanahorias. Michael mira hacia la mesa de Martin y continúa. "La mesa de Martin odia los guisantes y las zanahorias y nos los cambiarán por el hígado de ternera. Sólo tenemos que terminar todos nuestros guisantes y zanahorias, cambiar el hígado de ternera por sus guisantes y zanahorias, y todos ganaremos. Concéntrense todos y terminen de comerse los guisantes y las zanahorias de sus platos". Michael se mostró inflexible sobre el plan y sobre cómo íbamos a pasar el horrible hígado de ternera a la mesa de Martin y, a cambio, recibiríamos todos sus guisantes y zanahorias.

El plan era simple, pero brillante. Michael tenía "conexiones" en la cocina. Albert estuvo de servicio en la cocina todo el mes y había escuchado que el hígado de ternera estaba en el menú de hoy, así que Michael entró en acción tan pronto como escuchó esta noticia y comenzó a sondear todo el orfanato para ver en qué mesa se cambiaría el hígado de ternera qué día. Martin no tardó mucho en acercarse a Michael y aceptar el intercambio: guisantes y zanahorias por hígado de ternera, pero el destino tiene una manera de hacer que las cosas vayan en contra de sus mejores planes.

Por una razón desconocida, las monjas cambiaron todo el orden de las sesiones para el almuerzo de hoy. En lugar de que la mesa de Martin estuviera al lado de la nuestra, como lo ha estado durante meses, la hermana Katherine movió a Martin y sus compañeros ocho mesas y las colocó junto a la ventana que daba al patio de recreo. Esto arruinó el plan de Michael. Nuestra mesa estaba ahora en "modo creativo", porque necesitábamos un plan para contrarrestar este cambio en la disposición de los asientos.

"Sólo come los guisantes y las zanahorias. Mézclalos con el puré de patatas si es necesario y termina. Tenemos que cambiar nuestro hígado de ternera por guisantes y zanahorias". Dijo Michael, y comimos lo más rápido que pudimos. Miré a Michael y lo vi mirando a Martin e intercambiando miradas.

Ambas monjas seguían hablando y paradas cerca de la mesa de Martin.

Miré el reloj de pared.

Teníamos menos de diez minutos para terminar el almuerzo antes de que nos apresuraran a realizar nuestras tareas de la tarde. Miré mi plato y lo único que había en el plato era, lo adivinas, el hígado de ternera. Mirando alrededor de la mesa, todos habían terminado y lo único que quedaba en el plato de todos era el hígado de ternera y sí, por providencia, vemos al Padre Peter entrar al comedor y saludar a la Hermana Katherine y a la Hermana Beatrice y las dos monjas caminan hacia él.

"Ahora. Ésta es nuestra oportunidad", dice Michael, quien saluda a Martin y comienza el intercambio. Colocamos el hígado de ternera de Michael en una servilleta de papel, pasamos el hígado de mesa en mesa y, como en un movimiento de conga, toda la sala parece balancearse con el movimiento mientras una pequeña ola que transporta el hígado de ternera va desde nuestra mesa hasta la de Martin.

Llega el primer cargamento del desagradable hígado y es inmediatamente reemplazado por una nueva servilleta de guisantes y zanahorias y el proceso se invierte y, en menos de un minuto, llega a nuestra mesa la primera carga de guisantes y zanahorias.

El padre Peter y las dos monjas están en una profunda conversación, por lo que nuestras posibilidades de que nos atrapen parecen escasas, por lo que toda la mesa se anima con este conocimiento y pasamos la segunda servilleta de hígado que llega a su destino sin problemas y recibimos la segunda carga de guisantes y zanahorias.

"Dos intercambios más", pienso para mis adentros. Michael tiene razón. Esto va a funcionar. Sólo nos quedan dos servilletas de hígado más y estamos libres en casa. Alguien en la mesa de Martin deja caer un tenedor y vemos a la hermana Katherine girarse y mirar en esa dirección. Todos se congelan.

"Simón, debes tener más cuidado. Consíguete un tenedor limpio y coloca el que se te cayó en la pila del lavavajillas", afirma severamente la hermana Katherine.

Simón se levanta y recoge el tenedor caído, pero notamos que también recoge el resto de los guisantes y las zanahorias y los coloca todos en una servilleta y al pasar por nuestra mesa, deja caer la servilleta con todas sus verduras verdes y naranjas al lado del plato de Michael mientras Simón se acerca para recoger un tenedor nuevo.

Estamos listos para él y tenemos una servilleta lista con una porción de hígado y se la entregamos cuando regresa a su mesa, pero antes de que podamos envolver lo último del hígado de ternera, escuchamos al padre Peter hablar en voz alta: "Muchachos. Apurémonos un poco. Necesitamos terminar y luego salir a hacer las tareas de la tarde. Tienen menos de cinco minutos. Así que terminen".

Nuestra mesa ahora está en pánico. Tenemos todos los guisantes y zanahorias y eso no es un problema, porque la tarea de comer estas verduras no será un problema. El problema es que tenemos un último trozo de hígado de ternera y con el anuncio del padre Peter, la hermana Katherine y la hermana Beatrice ahora están caminando alrededor de las mesas para asegurarse de que los niños terminen su almuerzo.

Hay miradas frenéticas entre Michael y Martin. Se había llegado a un acuerdo y la mitad del acuerdo, los guisantes y las zanahorias, fueron entregados y consumidos por completo. Sólo queda un último trozo de hígado de ternera. No habría tiempo suficiente para cambiar la última pieza. Tanto Michael como Martin estaban ahora preocupados y podía sentir que la presión aumentaba en la habitación. Si no terminábamos nuestro almuerzo, las hermanas se asegurarían de que todos pagaran la falta de apetito proporcionándonos tareas adicionales. "Esto no estuvo bien"; Pensé mientras veía a Michael congelado, incapaz de actuar, sentado en nuestra mesa. Nunca lo había visto así.

No estoy seguro de qué me poseyó, pero sin pensarlo, agarré el último trozo de hígado de ternera y, asegurándome de que la hermana Katherine y la hermana Beatrice no estuvieran mirando, me levanté y arrojé el último trozo de hígado a la mesa de Martin.

Desafortunadamente, el béisbol nunca fue un deporte en el que me hubiera ido bien y superé mi marca, y en lugar de acercar el hígado a la mesa de Martin, pasó por encima de sus cabezas y aterrizó, bien salpicado es una mejor descripción, por toda la ventana muy por encima de la mesa de Martin. La ventana hizo un sonido espantoso que hizo que el padre Peter, la hermana Katherine y la hermana Beatrice se volvieran y vieran un hígado de ternera aplastado deslizándose lentamente por el cristal de una ventana.

Este incidente llegó a ser conocido como "el pase" y siguió siendo parte de la historia del Orfanato de Niños Rayburn durante muchos años y sólo se habló de ello con miedo, porque esa tarde, tanto Michael como la mesa de Martin pasaron la tarde en el granero limpiando y paleando, sí, estiércol de vaca, bajo la atenta mirada de la hermana Katherine. Supongo que, después de todo, la hermana Katherine tenía sentido del humor.

IDIOTA

"Sabes, Angus, este lugar es mi refugio, mi puerto seguro al que puedo retirarme y ser yo mismo sin preocupaciones del mundo exterior. Estoy feliz de haber encontrado este lugar hace tantos meses. ¿Cuánto tiempo hace que tienes el establecimiento?".

"Bueno, mi abuelo fundó el pub Granadilla en 1895 y lo dirigió con éxito durante muchos años. Luego se lo pasó a mi padre en la década de 1930 y él a mí en 1990 y lo he tenido todo este tiempo, pero como puedes ver, los tiempos son difíciles y pocos llegan hoy en día. Pero me alegro de que hayas encontrado Granadilla. Has compartido algunas historias interesantes".

"Me alegra que hayas disfrutado de nuestras conversaciones; Parece que puedo desnudarte mi alma y sé que lo entenderás. ¿Qué tal otra cerveza, Angus?".

"Vaya, sabes que ya tienes siete y ni siquiera es la una de la tarde. ¿No estás insistiendo hoy?".

"No, Angus, realmente no hay nada para mí hoy".

"Está bien, siempre y cuando tú lo digas".

Angus sirve otro buen trago y el aroma de la cerveza parece impregnar todo el pub. De repente, la puerta principal se abre, dejando entrar la luz cegadora de la tarde y haciéndonos parpadear.

Una mujer extremadamente atractiva entra y camina lentamente hacia la barra, sus ojos moviéndose de izquierda a derecha, recorriendo todo el pub. Ella se sienta a mi lado y comienza una conversación.

"Hola, ¿qué estás bebiendo?".

"Tengo Cerveza Mágica", respondo.

"¿Cerveza mágica? Nunca oí hablar de eso. ¿Tiene algo de bueno?".

"Sí", fue mi respuesta mientras me llevaba la jarra de cerveza a los labios.

"¿Y por qué se llama Cerveza Mágica?".

Tomo un rápido sorbo de mi cerveza y le hago un gesto a la mujer para que me siga por la puerta trasera que conduce al callejón. Ella se para a mi lado en el callejón trasero y digo: "Por eso se llama Cerveza Mágica", despego hacia el cielo, hago tres círculos rápidos alrededor del pub y aterrizo frente a ella".

Sin decir una palabra, vuelvo adentro. Me siento en mi taburete y tomo otro sorbo de mi cerveza mientras la mujer me mira fijamente.

"¡Guau, eso es realmente asombroso! Lo he visto antes. Pero tengo una pregunta".

"Sí, ¿qué es?".

"¿Puedes hacer eso, pero desde una altura mayor, digamos, desde lo alto de este edificio?".

Tomando otro gran sorbo de mi cerveza, nuevamente me acerqué a la mujer para que me siguiera y me dirigiera a las escaleras traseras. Subimos cuatro pisos, abrimos la puerta de salida de incendios y nos paramos en el techo del pub Granadilla.

Sin dudarlo un momento, salgo corriendo del borde del techo y de nuevo, rodeo el edificio tres veces y vuelvo y aterrizo junto a la mujer, que está simplemente asombrada.

Al bajar las escaleras, la oigo decir: "Eso fue increíble, increíble, formidable".

Mientras me siento de nuevo en mi taburete, tomo un sorbo de cerveza cuando la mujer le grita a Angus: "¡Tráeme una de estas cervezas y tráele otra a mi amigo!".

Angus le sirve la deliciosa cerveza y luego me pasa otra taza. Bebo un sorbo de mi cerveza cuando me doy cuenta de que la mujer simplemente se ha tragado la suya y dice: "Voy a probar lo que acabas de hacer". Se apresura hacia la puerta trasera y la oímos subir corriendo las escaleras y escuchamos la puerta contra incendios cerrarse de golpe. Pasan unos minutos y escuchamos un gran golpe y lo que suena como huesos cayendo al suelo.

Angus sale corriendo por la puerta principal y, después de uno o dos minutos, regresa y vuelve detrás de la barra. Mirándome fijamente mientras sigo bebiendo mi cerveza, dice: "¿Sabes algo?".

"¿Qué?", digo mientras saboreo lo último de mi cerveza.

"¡Eres todo un idiota cuando estás borracho, Superman!".

REVISAR

"¿Qué piensas, cariño? ¿Crees que deberíamos hacerlo?".

"No lo sé, cariño; es sólo una simple petición. Tal vez deberíamos. Cientos lo hacen todos los días y tienen éxito. ¿Por qué no debería ser lo mismo para nosotros?". Le respondí a mi esposa.

"Es sólo que nunca habíamos hecho esto antes y están pidiendo tres revisiones. ¿Qué significa eso? ¿Cómo sabemos qué quieren decir con reseña?".

"Para ser honesto, no lo sé. Nunca había oído hablar de esto, pero sabes que hoy en día hay tantas maneras de conocer a la gente que este es otro método nuevo que desconocemos".

"Bueno, a decir verdad, es demasiado. Quiero decir, estamos pidiendo que se acepte nuestra solicitud y no es que no estemos dispuestos a pagar. No pedimos nada gratis. ¿Bien?".

"Tienes razón, cariño, pero hoy en día la gente confía mucho menos que cuando éramos pequeños. Dondequiera que vaya, ya sea en persona o en línea, todos piden más información sobre un individuo, incluso antes de responder una pregunta. El otro día encontré un nuevo proveedor de electricidad en Internet. Fui a su sitio web para buscar información sobre sus tarifas y ¿adivina qué?".

"No sé, cariño, dímelo".

"No pude encontrar sus precios en ninguna parte de su sitio web. Descubrí que, si necesitaba más información, tenía que proporcionar mi nombre, dirección y número de teléfono y alguien se comunicaría conmigo si pensaba que podía ayudarme. Imagínate. Todo lo que quería eran sus precios, para poder compararlos con nuestro proveedor actual, pero ese no es el camino hoy en día. 'Simplemente cambia', eso es lo que dicen, 'simplemente cambia'. No, no lo haré sin antes averiguar las tarifas". Soné un poco frustrado, pero me sentí bien diciéndolo en voz alta.

"El mundo se ha vuelto loco", dije.

Mi esposa asiente y dice: "Entiendo, cariño. Precisamente el otro día estaba en unos grandes almacenes y fui a pagar una pequeña compra y me la negaron. 'Ya no aceptamos efectivo. Sólo transacciones con tarjeta', fue la respuesta que recibí".

"Cuando pregunté por qué, me dijeron eso de esta manera: pueden rastrear todas las transacciones hasta mí y así poder ayudarme en el futuro. ¿Alguna vez has oído hablar de algo tan ridículo? ¿Cómo me ayuda eso? Estoy de acuerdo con tu afirmación, querido. ¡De hecho, el mundo se ha vuelto loco!".

"Bueno, cariño, tenemos que decidir. ¿Le proporcionamos a este anfitrión de Airbnb una de nuestras reseñas anteriores o simplemente nos quedamos en un establecimiento alternativo como siempre lo hemos hecho? ¿Qué opinas?".

"Pensemos en eso. De todos modos, ¿por qué deberíamos someternos a una revisión? Si hay que hacer una reseña, la haremos sobre nuestra estancia, no del establecimiento sobre nosotros. ¿Te parece bien, querida?".

"Por supuesto. En este mundo loco en el que vivimos hoy, debemos tomar una posición. ¿Aceptas?".

"Acepto".

"Entonces, ¿llamarás a tu madre y le dirás que nos quedaremos con ella la semana que viene?".

"Por supuesto, cariño. No nos exigirá una revisión previa".

"Excelente".

"¡De hecho, querida, de hecho!".

LA TRAMPA

"¡Sabes, Marieta, ella hace trampa! ¿Cómo es posible que gane con tanta frecuencia? Además, ¡la vi haciendo trampa! ¡Sí, con mis propios ojos vi su juego de manos, haciendo trampa para ganar!".

"¿Estás seguro, Joe, cariño? Podrías estar equivocado. Ya sabes cómo están tus ojos estos días con cataratas. Es posible que veas cosas que tal vez no estén allí".

"Maldita sea, cariño, te digo que me estaba engañando y la vi. Un poco de destreza para una chica tan joven, pero eso sí, no fue un error. ¡Estaba haciendo trampa!".

"Está bien, ahora calmémonos un poco y cuéntame, lentamente y con tanto detalle, lo que crees que viste".

"¿Que creo que vi? ¡No creo! Lo sé. Vi lo que vi. Una pequeña tramposa tramando en cada juego, maquinando, sería una mejor palabra, para poder ganar en cada ronda".

"Sí, dijiste eso varias veces, pero no me has explicado lo que viste, cariño, así que respira hondo y cuéntame lo que viste".

Respiré profundamente como sugirió Marieta y me calmé un poco. Podía sentir una serenidad que me invadía, lo que me ayudaría a describir claramente este acto engañoso perpetrado por esta astuta evasora. Entonces, le detallé a mi esposa tantos datos como fuera posible para que pudiera ver que había pillado a la pequeña engañadora en el acto.

"En cada final de cada juego, gane o pierda, no importa, la pequeña sinvergüenza voltea las fichas de dominó para barajarlas y yo pensé poco en eso, pero después de cuatro victorias seguidas, pensé que era mejor inspeccionar el barajar las fichas de dominó y fue entonces cuando vi la maniobra engañosa que ella hacía cada vez".

"Bueno, Joe, sólo porque a ella le guste barajar las fichas de dominó no suena a trampa. Se supone que debes entregar todas las fichas de dominó, mezclarlas y luego obtener tus siete piezas y comenzar un nuevo juego. No veo nada que muestre que esto sea una trampa. Me sorprenden tus acusaciones".

"Sí, estás en lo correcto. Al final de cada juego, el proceso consiste en darle la vuelta a las fichas de dominó, barajarlas y luego seleccionar siete fichas nuevas para jugar en la siguiente partida, ¡pero ella no hace trampas así!".

"Bueno, dime, entonces, ¿cómo hace trampa?".

"Es muy inteligente esa pequeña. Cuando entrega las fichas de dominó, selecciona rápidamente todos los dobles, ya sabes, los dobles seis, los dobles cinco, etc. y luego algunas fichas de dominó estratégicamente seleccionadas del mismo número de dobles que escogió y gana cada vez. Pequeña diablilla inteligente".

"Joe, sabes que todas esas palabras ofensivas que has usado, como tramposa, intrigante, sinvergüenza, diablilla, se usan para describir a nuestra nieta. Nuestra dulce nieta acaba de celebrar su sexto cumpleaños. Recuerda, fue idea tuya regalarle el mismo juego de dominó que le regalamos para su cumpleaños".

"Sí, cariño, y terminaré esta conversación diciendo nuevamente que ella hace trampa y que debemos decírselo a nuestra hija lo antes posible".

"¿Y qué quieres que haga nuestra hija al respecto?".

"No lo sé. Eres su madre. Piensa en algo y le dices que lo arregle".

"¿Arregle? Nuestra nieta no está rota. Ella es creativa, diría yo".

"¿Creativa dices? Por supuesto que dirías eso. Nunca te vi hacer trampa en el juego UNO en las muchas ocasiones en que jugamos, entonces, ¿de qué lado de la familia lo obtiene? ¿Su lado? ¿Bien?".

"Sabes cariño, si no te conociera, diría que estás impresionado con nuestra nieta y no ofendido porque tiene, digamos, una mano rápida que heredó de nosotros. ¿Estoy en lo cierto? Y no, ella tampoco lo hereda de su lado de la familia y ¿cómo sabes que no hago trampa en Uno? ¡Quizás nunca me hayas atrapado!".

Al verla sonreír, pienso por un momento en esta afirmación que acaba de hacer mi esposa. ¿Estoy impresionado? ¿Estoy ofendido? ¿O me decepciona que nuestra nieta haya aprendido este juego de manos ella sola y nunca nos haya preguntado cómo hacerlo?

"Sabes Marieta, tienes razón. Nuestra nieta no es una tramposa ni una intrigante ni ninguna de esas palabras que usé para describirla. Digamos que ella es una maga que conoce el poder del juego de manos y usa dicho poder para ganar y nunca obtuvo el talento de ningún lado de la familia. Su familia o nuestra familia. ¿Aceptas?".

"Aceptado. Bellamente dicho, por cierto. ¿Qué tal un juego de Monopolio? ¿Estás preparado para ello?".

"Claro, siempre y cuando no invitemos a nuestra nieta".

ASESINATO EN EL GRUPO DE ESCRITORES

El grupo permaneció allí alrededor del cuerpo, atónitos ante la sangre congelada alrededor de la cabeza de Bert mientras pequeños hilos de sangre todavía goteaban de su cabeza, en tanto que su computadora portátil y su cuaderno estaban al lado de su cuerpo, debajo de la mesa.

A ningún miembro del grupo de escritores le agradaba realmente Bert.

Bert era el tipo de persona que simplemente alienaba a todos. Era arrogante y engreído. Creía que era más importante que cualquier otra persona en el grupo del escritor, condescendiente, demasiado crítico, vanidoso y simplemente desagradable. ¿Por qué el grupo lo toleraba? Bueno, todo se redujo a sus habilidades de crítica, destreza editorial y talento de corrección impecable. "¿Quién le rompería el cráneo y asesinaría a Bert?". Todos se preguntaron mientras continuaban de pie alrededor del cuerpo.

"Está bien, ¿quién va a llamar a la policía?". Dice Mary.

"Yo no", responde Bob, nuestro tesorero, "quien llame a la policía tiene que ocuparse de ellos primero y yo no quiero hacer eso. Además, siempre encontré a Bert como un bastardo condescendiente. ¿Y tú, Felipe?".

"No, no, no, no. De ninguna manera voy a llamar a la policía. Una nota de mi voz y mi acento aparece y me vuelvo sospechoso número uno. De todos modos, nunca me gustó. Bert siempre fue muy crítico con mis escritos, diciendo que sonaban demasiado sudamericanos. Miriam debería llamar. Ella es la más sensata de todos nosotros".

"Eso no pasará. No me quedaré atrapada en una investigación extensa. Tengo nietos a quienes cuidar. Bert siempre fue desagradable conmigo y mis cuentos, siempre decía que eran demasiado feministas. Sugiero que Artie llame. Él es el secretario de nuestro grupo y debería hacerlo".

"Espera un momento aquí. Sólo tomo notas de nuestra reunión y eso no incluye el manejo de la policía, así que no soy yo quien llamará. Además, Bert no me gustaba nada. Siempre estaba corrigiendo mis notas de reuniones y haciendo comentarios sobre mi letra. Si algúien debiese llamar, debería ser Bill. Es el vicepresidente del grupo de escritores y ahora presidente en funciones, ya que Bert no puede desempeñar esas funciones. Bill, tienes que hacer la llamada ahora", y todas las cabezas comenzaron a moverse arriba y abajo respaldando esa afirmación.

Miré al pequeño grupo de contemporáneos, todos escritores de diferentes géneros, y decidí que podría haber una alternativa a llamar a la policía.

"Chicos, ¿qué pasa si primero resolvemos el asesinato de Bert y luego llamamos a la policía? Basándonos en nuestras experiencias como escritores, podríamos hacerlo. ¿Qué opinan?".

"¿Estás loco?" cuestiona Mary. "No sabemos nada sobre cómo proceder con una investigación de asesinato. Bueno, al menos no en la vida real".

"Mary tiene razón, Bill", con una fuerte interjección, dice Artie. "No sabemos cómo llevar a cabo una investigación de asesinato".

Para no quedarse atrás, Felipe también da sus dos centavos como le gusta decir: "Bill, sólo porque normalmente escribes sobre los crímenes y el asesinato, no significa que sepas qué hacer en una situación de la vida real".

"Estoy de acuerdo", dice Miriam. "Investigamos un poco cuando hacemos una historia de crímenes sólo para darle un poco de dinamismo a la historia y nunca volvernos demasiado técnicos. No conoceríamos todas las complejidades de una verdadera investigación".

"Eso es correcto", dice Bob, "y no tenemos ningún equipo ni laboratorio para analizar ninguna pista. Si encontramos alguna pista, podría resultar peligroso llegar a la conclusión correcta".

"¿Qué quieres decir con peligroso?", pregunta Mary.

En un susurro, Bob mira al grupo y dice: "¿Uno de nosotros es el asesino?".

Fue como si una bomba hubiera caído en la habitación. Todos se quedaron allí en estado de shock y se sorprendieron de que Bob pensara que podíamos hacer esto y, si era el momento justo, un alboroto salió de la boca de todos los miembros.

"Bob, ¿cómo puedes decir eso?".

"Bob, ¿qué te ha poseído para dar a entender que uno de nosotros podría haber hecho esto?".

"¿De dónde vienes al sugerir una teoría tan extravagante, Bob? ¡Tú estás loco!".

Y así sucesivamente, la discusión continuó de la misma manera. Duró unos minutos y esperé a que el alboroto se calmara un poco y luego intenté tranquilizar a los miembros del grupo.

"Está bien, todo el mundo necesita calmarse. Necesitamos estar tranquilos y llegar a un acuerdo sobre el mejor curso de acción. Así que propongo que votemos nuestras dos opciones".

"¿Cuáles dos opciones?", pregunta Miriam.

"Nuestras dos únicas opciones, Miriam. Llamo a la policía como sugirió el grupo o resolveremos el asesinato nosotros solos".

De nuevo se levanta un alboroto y de la boca de estos cuatro individuos sale un ir y venir de preguntas, sugerencias y respuestas inverosímiles.

Justo cuando seguimos teniendo nuestras idas y venidas, Bert se levanta y dice: "¿Qué diablos pasó? En un momento estoy parado junto a la mesa preparándome para nuestra reunión de redacción y, al siguiente, estoy en el suelo, sangrando y escuchándolos a todos hacer declaraciones horribles sobre mí".

El grupo se quedó allí con la boca abierta, incapaz de pronunciar una sola palabra. Bert no estaba muerto. Debió haber estado preparando la mesa y se golpeó la cabeza cuando dejó caer su libro de escritura o algo así, se golpeó la cabeza y se desmayó. No hubo ningún asesinato. No hubo necesidad de llamar a la policía. Una oleada de alivio invadió al grupo.

Bert nos mira y comienza una letanía de declaraciones, todas relacionadas con las afirmaciones de cada miembro sobre por qué no les agrada. Cada miembro individual recibió un aluvión de palabras demasiado duras para imprimir y cada uno salió en fila india fuera de la sala. Cuando me iba, Bert me agarró del brazo y me dijo: "Bill, eres el único que nunca habló con dureza de mí". Siento que mi tiempo con este grupo ha terminado y les entregaré mi renuncia por escrito en breve, pero acepta mi renuncia verbal ahora mismo. Ya no deseo asociarme con ese grupo de individuos, pero a ti, Bill, mi amigo puedo llamarte. Nunca dijiste una palabra amarga sobre mí y te lo agradezco. Sé qué harás un trabajo maravilloso dirigiendo el grupo de escritores".

Bert extiende su mano y mientras la tomo, pienso: "Hombre, debería haberle golpeado más fuerte en esa cabeza grande y sólida que tiene".

EL ESCAPE

Ser internado en un orfanato no es una experiencia indolora para un niño de 11 años. Ver el dormitorio con más de cien camas, todas estratégicamente colocadas en dos filas, generó para el joven una visión impresionante.

No sabía qué esperar; en quién confiar, no estaba seguro. Extrañaba a sus padres, pero sabía que ya no podía estar con ellos; La vida había pasado y no podía hacer nada más que "endurecerse", como siempre dicen los westerns de televisión en blanco y negro cuando el vaquero sufre una mala caída de su caballo. Entonces, endurecido, lo hizo. Y un plan dio vueltas en su cabeza: escapar.

Se acercó a sus compañeros de prisión y les expuso su plan de fuga. Había expresiones de entusiasmo en sus rostros. Estaba causando un impacto, lo sabía y acordaron una fecha y una hora.

Sin embargo, a medida que se acercaba el día, notó que sus espíritus se suavizaban un poco. De doce camaradas, ahora sólo ocho expresan su apoyo. Iba a ser difícil, era su principal preocupación.

El día de la fuga, sólo tres conspiradores del orfanato se presentan para reunirse con el joven líder. Surge una discusión sobre la complejidad de la fuga, y el joven líder ve tres cabezas agachadas, sabiendo que los tres se echaron para atrás.

Luego quedan tres, más el joven líder de la fuga, pero se podía ver que ellos también flaqueaban en su postura.

Trotaron hasta el borde de los terrenos del orfanato, no queriendo ser vistos, llegaron al rincón más alejado de la propiedad y se detuvieron. Había llegado el momento decisivo. ¿Estaban listos?

Al final, sólo el niño de 11 años se fue hacia la libertad, dejando a los demás mirándolo mientras corría, y luego caminaron de regreso al edificio principal como si nada hubiera pasado, permitiendo que su amigo, su nuevo hermano José, escapara sin ser detectado.

No estaba seguro de adónde iba, pero escapó. Ya no estaba solo, porque había encontrado fuerza y confianza en sí mismo.

PALOS Y PIEDRAS

A medida que vas creciendo, te das cuenta de muchas cosas que, cuando eres joven, no puedes ver.

Una de estas cosas son tus padres.

Mis padres son pequeños (menos de 155 cm) y uno pensaría que yo habría tenido aproximadamente el mismo tamaño a medida que crecía, pero ya soy adulta y sólo mido 99 cm; mucho más corta.

Esto, por supuesto, me ha causado mucho dolor entre mis contemporáneos y muchos de mis vecinos.

Ven a mamá y papá y luego me miran rápidamente. Casi puedes perderme si estoy detrás de cualquiera de ellos.

Soy fuerte, tengo un color de piel excelente, un temperamento maravilloso. Ahora me atrevería a decir, dócil, mayoritariamente. Agregue a esto una madurez temprana junto con capacidades de alto rendimiento y un buen potencial de fertilidad y longevidad.

Encontrar una futura pareja, bueno, esa es otra historia.

Teniendo todos estos maravillosos atributos, uno pensaría que buscar pareja sería fácil, pero no lo ha sido.

Si a esto le sumamos los constantes abucheos, acoso, irritación y molestia de los demás por mi tamaño, mi confianza se ve cuestionada, si no confrontada. A veces sólo quiero decirles en voz muy alta: "¡No seas tan vaca!".

Todo esto se debe a una condición hereditaria llamada gen del hipoaltismo.

El gen del hipoaltismo es un gen que se hereda como un rasgo autosómico recesivo simple.

Esto significa que para que un mamífero se vea afectado por la enfermedad, debe tener dos marcadores de la mutación (uno de la madre y otro del padre). Las personas que portan un marcador para esta mutación y un marcador normal no se verán afectadas por la enfermedad, pero pueden transmitir la mutación a su descendencia.

Así que, aquí estoy, más pequeña que todos mis compañeros, por esta pequeña imperfección que me transmitieron mis padres.

Sufrí mucho por esto, pero me di cuenta de que todos estos abusos, todos estos palos y piedras, no me hacen daño, sino que me hacen fuerte.

La vida es difícil, siempre lo es, y estoy segura de que, al mirar el enorme prado, una linda vaca Hereford encontrará en su corazón la idea de dejarme ser parte de ella.

BAJO EL HORIZONTE

Mis ojos permanecen en el horizonte

Una escultura gris, una mancha borrosa, aparece

hirviendo en el mar

Los pensamientos se dirigen a los marineros.

Son cónyuges, padres, madres, hijos e hijas.

Mi mente se concentra en la estructura gris.

Veo a alguien que cae al mar

Luchan y golpean las olas como si pudieran

romperlas.

Se ahogan con el agua del océano.

Ahora no los veo mientras descienden abajo.

La escultura gris también hace una última

reverencia

Mientras se rompe después de golpear la cresta de la
roca.

No puedo soportar escuchar los gritos desesperados
de sus ocupantes.

Todo perdido ahora.

El océano sigue abrazando por última vez la
escultura gris

ha desaparecido de la vista

Justo debajo del horizonte.

EL ABRIGO

El otoño puede ser dinámico en Northport, Nueva Gales del Sur, y hoy era típico de un día de otoño mientras Brandon y yo caminábamos por el paseo fluvial en el centro de Northport de camino a almorzar.

Si alguna vez ha estado en Melbourne, Victoria, y ha caminado por el lado del casino del río, eso le dará una idea de Northport, pero no tenemos un casino para gastar el dinero que tanto le costó ganar, en las máquinas tragamonedas o en la mesa de ruleta. Tenemos una calle rural muy bonita de doce cuadras de largo llena de pequeños escaparates a lo largo del paseo del río que combina pequeñas tiendas como el optometrista local, For Your Eyes Only Optical, propiedad y operado por el Dr. Frank Freeman, y Northport Dental Smiles, parte de una gran franquicia en toda Australia y operada por su franquiciado, Mark Osborne. Unas puertas más abajo, se encuentra lo que tiene que ser el salón de belleza más importante de Northport, Cut Me Crazy, propiedad y operado por Albert Matthew Guzmán, yendo a su decimosexto aniversario. Unas cuantas tiendas al sur, encontrará una excelente librería anticuaria llamada *Village Books & Stuff*, una de mis tiendas favoritas para visitar rápidamente en días como hoy, pero ese no sería el caso esta mañana.

Viví en Northport toda mi vida y tengo mi pequeña consultoría en Carmichael Arcade, que está justo en el medio de este pequeño y bullicioso enclave. La consultoría la abrió mi padre hace cincuenta y cinco años y ahora la dirijo yo. No es por alardear, pero por mis venas corre el agua, como decía mi padre. Viví en muchos barcos con mi padre mientras crecía y supe desde el principio que ésta iba a ser mi vida. Después de la secundaria, me dirigí a España para estudiar y obtuve un Diploma en Topografía de Buques por la Universidad de Cádiz y luego completé una Maestría en Oceanografía y Gestión Ambiental Marina en la Universidad de Barcelona. Sé lo que hago en temas marinos actuales, pero no puedo estar en dos lugares a la vez. De ahí mi decisión de traer a Brandon para discutir un proyecto que necesitaba subcontratarle.

La experiencia de Brandon es extensa. Tiene cuarenta y cinco años en la industria marina. Once de esos años gestionó una flota de embarcaciones para una empresa constructora que opera, incluidas muchas dragas, remolcadores, barcazas pequeñas y grandes, embarcaciones de construcción multipropósito y muchas otras embarcaciones de trabajo. Cuando se piensa en los quince años adicionales en la industria petrolera trabajando en una refinería importante, manteniendo su infraestructura marina, ayudando con el atraque y navegación de buques cisterna tanto a lo largo como en sus amarres (tamaños de buques que van desde 15.000 a 430.000 pies), y conduciendo varios buques -traslados a barco. También aportó a su CV cuatro años de mantenimiento marítimo en embarcaciones de todos los tamaños. Un currículum vitae bastante impresionante, si lo digo yo mismo, y parece bastante bien conservado. Siempre le digo a la gente que el aire salado mejora el cutis.

A medida que nos acercamos al restaurante, Petite Maison, uno de los mejores restaurantes franceses de todo Sydney, recibo un mensaje de texto y me detengo a leerlo.

"¿Todo bien, Patrick?".

Escribo la respuesta de texto y respondo a Brandon: "Sí. Todo está bien. Entremos".

El maître d' nos saluda: "¿Señores, prefieren una mesa interior o una mesa exterior?" y antes de que Brandon pudiera responder, digo: "adentro".

Mientras nos sentamos, el maître d' nos entrega nuestros menús y exploramos la extensa carta y caemos en trance solo con los aromas que salen de la cocina. El almuerzo será genial; Puedo decirlo.

Hacemos nuestros pedidos y bebidas y nos ponemos manos a la obra, y luego veo a un par de mujeres sentadas afuera. Debieron haber entrado justo después de nosotros y no pude evitar señalárselas a Brandon.

Eran impresionantes.

Ambas están vestidas de manera inmaculada, no elegante, pero sí agradable, y los atuendos que usaron parecían como si el diseñador sólo estuviera pensando en ellas cuando creó el patrón. La más joven, pelirroja, lucía fantástica con lo que parecía un vestido en forma de A, fácil de usar, que se ensancha en la cintura con un cinturón a juego antes de caer justo por encima de la rodilla. Sus hombros les daban a las mangas largas una forma abullonada, mientras que noté que el cuello con muescas le daba un acabado inmaculado. La apodé: "Roja".

La otra señora era mayor y no podía adivinar su edad, pero era igual de hermosa y tenía el cabello platino corto y rapado. La llamé: "Plata".

"Plata" llevaba un vestido brillante con ribetes de soutache, que le daba una belleza infinita a cada manga ondeante de este vestido tubo, convirtiéndola en un maravilloso festín para los ojos.

"¿Por qué están sentadas afuera?", pregunta Brandon.

"No es seguro. Tal vez querían disfrutar mejor de la vista del río o tal vez querían algo de privacidad".

"Hace frío ahora. Ni siquiera tienen abrigos. Míralas. Ambas están temblando".

"Brandon", le dije, "estás de visita desde Jacksonville, Florida, y estoy seguro de que no estás acostumbrado al clima invernal como el que tenemos aquí en otoño".

"Me atrevería a decir que estas dos damas son nativas y viven en Northport por su aspecto, así que este clima, esta pequeña brisa, no las perturbará. Estoy seguro".

"Como sabes, las temperaturas de otoño en Jacksonville, quiero decir, el 'autumno', como dicen ustedes los australianos, tienen un promedio de alrededor de 75 grados Fahrenheit. Por cierto, ¿cuánto es eso en grados Celsius?".

Necesitaba hacer una conversión rápida en mi mente, así que la hice en voz alta para Brandon; "Vamos a ver. Empieza por tomar el setenta y cinco y restarle treinta y dos. Luego tomas ese número, lo multiplicas por cinco, lo divides entre nueve y obtienes una estimación de la temperatura en grados Celsius. Brandon, tu respuesta es 23 grados Celsius. La temperatura en Jacksonville, Florida, en otoño, como tú lo llamas, es de 23 grados Celsius". Puedo sentir una gran sonrisa en mi rostro al decir esto.

"Aun así, con la brisa, tiene que sentirse más fresco. ¿Por qué no entran simplemente?".

"No estoy seguro, Brandon, pero ¿por qué no hacemos algo valiente?".

"¿Cómo qué?".

"Vamos a ofrecerles sentarse con nosotros o si no quieren, tal vez les ofrezcamos nuestros abrigos".

Brandon se tomó un momento para pensar en eso.

Mientras Brandon se tomó su tiempo para reflexionar sobre mi sugerencia, pensé que hoy iba vestido de manera informal, porque llevaba mi vieja, bueno, quiero decir, realmente pasada de moda, chaqueta bomber marrón, mientras que Brandon tenía un traje de negocios de lana gris a rayas, sin camisa. Empate, por lo que también fue algo casual, diría yo. La respuesta de Brandon interrumpió mis pensamientos.

"Sí, vamos a ver si les gustaría tomar prestadas nuestras chaquetas. No soy lo suficientemente valiente como para pedirles que se unan a nosotros. No soy tan valiente y aventurero como tú", afirmó Brandon.

"Está bien por mí. Hagámoslo", y ambos nos dirigimos a la mesa de las damas.

Les explicamos que las vimos sentadas allí en el frío y que nos gustaría ofrecerles nuestros abrigos mientras comen. Ambas asienten y le doy a "Roja" mi chaqueta bomber y Brandon le da a "Plata" su chaqueta y señalamos dónde estamos sentados y regresamos al interior.

Notamos que ellas comen antes que nosotros y poco después nosotros también. Brandon continúa sonriendo en la mesa mientras almorzamos y las damas sonríen y asienten hacia nosotros.

Mientras Brandon y yo discutimos el proyecto que lo trajo a Australia para que trabajara para mí, las damas aparecen y nos dejan las chaquetas.

"Red" me da una cálida sonrisa y dice: "gracias" mientras me entrega mi chaqueta bomber, mientras que "Silver" sonríe y asiente con la cabeza hacia Brandon.

Cuando salen de Petite Maison, puedo sentir un suspiro de Brandon.

"Eso estuvo bien". Afirmé.

"Sí", fue la sencilla respuesta de Brandon.

Al concluir nuestro almuerzo, acordamos que Brandon iría directamente al proyecto y comenzaría a implementar algunas sugerencias que discutimos mientras disfrutábamos de nuestro almuerzo. Regresaría a la oficina para documentar nuestra conversación con el cliente. Mientras nos poníamos las chaquetas para partir, metí la mano izquierda en el bolsillo y encontré un trozo de papel.

Lo saco, lo abro y veo un número de teléfono y el nombre de "Roja". Sonrío, se lo muestro a Brandon y le pido que revise su bolsillo.

Brandon repite la misma acción con su chaqueta, pero se queda vacía. Ninguna nota con un número o nombre de "Plata".

"Oh, bueno, volvamos a las minas de sal por mí. Quizás tengas suerte", afirmó Brandon con tristeza.

Mientras cada uno sigue su camino, saco mi móvil y hago la llamada al número que aparece en el papel.

"¿Qué sucede? ¡Brandon no obtuvo ningún número!".

"Querido, a mamá simplemente no le agradaba. Intentaremos con alguien más en otra ocasión. Nos vemos pronto en casa, cariño".

Mientras cuelgo, sonrío, porque recuerdo que, en un día de autumno notablemente similar, frío y ventoso, le ofrecí mi abrigo a mi esposa y mire cómo terminamos.

RESERVAR

"Harry, ¿por qué decidiste hacer esta reserva en este restaurante?". Pregunto mientras marco mi lugar en mi cuaderno.

"Bueno, Peter, pensé que nos proporcionaría una comida excelente y suficiente privacidad para llevar a cabo nuestra conversación en privado".

"Está bien, Harry, ¿qué necesitas discutir?".

"Peter, mi vida es un libro abierto. No te he ocultado nada en todos los años que nos conocemos. ¿Estarías de acuerdo?".

"Sí, Harry, has sido abierto sobre tu vida conmigo todos estos años. ¿Entonces qué hay de nuevo? ¿A qué se debe todo este secretismo?".

"Déjame llegar a eso. Pidamos una bebida", mientras Harry hace señas al camarero y hacemos nuestro pedido de bebidas.

Harry tiene un rostro solemne y me pregunto qué le preocupa, pero no lo apresuro. Conozco a Harry desde hace muchos años. En la escuela primaria, cuando nos conocimos, siempre tenía la cabeza o el olfato para un libro. Mientras nos dirigíamos a la escuela secundaria, Harry seguía siendo del tipo estudioso. Harry siempre estaba leyendo libros. Supongo que lo llamarías un ratón de biblioteca, pero un ratón de biblioteca simpático. En mi opinión, Harry siempre ha sido franco. Hacer las cosas según las reglas es su lema, por lo que este almuerzo improvisado fue realmente algo sorprendente viniendo de él y pude sentir cierta inquietud hacia él.

Siempre he podido entender a Harry, pero incluso los amigos de toda la vida pueden tener momentos. Realmente no se puede saber lo que tienen en mente. No se puede juzgar un libro por su portada; Hoy Harry no era él mismo. Hoy parecía tenso, como si algo le preocupara y necesitara desahogarse. Me estaba impacientando tanto con él que quise arrojarle un libro para iniciar esta conversación.

"Harry, ¿qué te preocupa? Si puedo ayudar, por favor dímelo. Hemos sido amigos durante tanto tiempo. En mi opinión, no tenemos secretos, ¿verdad?".

"Peter, sé a qué te dedicas".

"Por supuesto que sí, Harry. Soy contador, lo sabes. He sido tu contador durante años. ¿Qué quieres decir con eso?".

"Peter, sé que eres contable, pero también eres corredor de apuestas. No lo niegues".

"Bueno, ese es uno para los libros. ¿Crees que soy un corredor de apuestas? ¿Por qué no me acusas de manipular los libros mientras lo haces? Tú sabes que he utilizado todos los trucos posibles para conseguirte la mejor declaración de impuestos de la Oficina de Impuestos de Australia. ¿Alguna vez me has visto haciendo algo fuera de los libros? No, por supuesto que no".

"Peter, no es necesario que te hagas la víctima indignada como si estuvieras tomando una página del libro de alguien. Sé lo que haces. Es un delito y hoy estoy aquí para cerrar el libro de tu operación".

Cuando me levanto de la mesa, de repente tres grandes agentes de la policía australiana se paran frente a mí y me detienen. Harry se levanta y me mira directamente, su mejor amigo de tantos años. Luego dice: "Arréstenlo".

SATISFACCIÓN ANTIGUA Y LLENA

"Estoy totalmente angustiado, Bob. Sé que te confié un poco acerca de tener algunas noticias que compartir contigo la semana pasada y, vaya, vaya, tengo muchas cosas que compartir. Gracias por reunirnos aquí hoy para tomar unas copas".

"Está bien, Harry, simplemente cálmate. Siéntate, respira hondo, toma un sorbo de wiski sour, relájate y, lentamente, cuéntame qué te tiene tan irritado".

Harry respira profundamente, bueno, varias respiraciones profundas, bebe su wiski sour y le hace señas al camarero para que le traiga dos más. Dios mío, debe tener algo maravilloso para compartir conmigo, como dijo.

Conozco a Harry desde hace más de veinticinco años, desde que me gradué en la Universidad Tecnológica de Nueva Gales del Sur. Después de graduarse, Harry estudió ingeniería eléctrica y sorprendió a sus padres, sus hermanos y sus amigos, especialmente a mí, al abrir una editorial para escritores independientes. Sí, el bueno de Harry se dedicó a la edición de libros a lo grande y fundó Northport Booksellers.

Harry comenzó lentamente. Encontró una autora novata, la tomó bajo su protección, siguió todos los pasos necesarios para formar a un autor exitoso y, antes de que te dieras cuenta, tenía un autor de gran éxito que había vendido más de 100,000 libros en el primer año. Después de eso, otros autores novatos y algunos autores establecidos comenzaron a llamar a su puerta editorial y el éxito continuó para Harry. El éxito fue suficiente para que poco a poco pasara de ser una tienda unipersonal a un grupo completo de treinta y cinco expertos en el campo, desde revisores hasta diseñadores de portadas de libros y actores de doblaje, todos bajo un mismo techo y todos reportando a Harry porque "mantuvo su mano en la olla", como dicen.

Lo único que Harry no hizo fue su contabilidad. Contrató a una joven graduada universitaria para que fuera la contable de la empresa, y ella estuvo allí desde el principio, hasta hace un año. Ella era brillante y, ciertamente, estaba calificada profesionalmente, y cada mes informaba a Harry el balance de la empresa y todos cobraban. Harry estaba feliz.

El camarero le trae a Harry sus dos wiski sour y Harry nuevamente simplemente bebe el primer trago. Me mira con cara triste y me cuenta lo que ha pasado.

"Bob, dos meses después de que mi antiguo contable se fuera, contraté a un nuevo contable, pero noté que algo no estaba bien en los primeros meses de su nueva contratación".

"¿Qué notaste, Harry?".

"El nuevo contable no presentaba las mismas cifras de calidad que el contable anterior. Parecía que los números carecían de claridad, confianza y visibilidad en la forma en que se presentaban antes, así que contraté a mi firma de contabilidad Tatham, Black & Sanford (TBS) para proporcionar cierta transparencia en las cifras que presenta el nuevo contable y realizar un escrutinio adecuado del negocio".

"Está bien, Harry, pensaste que el nuevo contable no conocía su trabajo y decidiste realizar una auditoría improvisada por parte de tus contables. Eso sucede bastante en el mundo empresarial. ¿Qué pasó cuando TBS hizo su auditoría?".

"¿Qué pasó, Bob? Preguntas, ¿qué pasó? Te lo diré. TBS entró, hizo algunos trabajos, cobró una buena tarifa e hizo algunos ajustes técnicos útiles. TBS me dijo que nuestro contable era inteligente, concentrado y diligente. Así que durante seis meses seguí mi camino alegremente, asumiendo que mis datos financieros estaban bien".

Estaba preocupado por Harry. Ahora estaba un poco agitado. "¿Estuvo bien, Harry?".

"No Bob, no lo estuvo. Conseguí que otra persona que no fuera TBS revisara los libros y resultó que me habían robado más de $986,323,45 dólares australianos. ¿Y quién crees que robó? Bob, ¿quién?".

Dios mío, necesitaba andar con cuidado. Lo que sea que estuviera molestando a Harry realmente lo enfureció mientras agarraba su último wiski sour en su mano.

"Maldita sea, Harry, no lo sé, pero mi única suposición es tu primer contable. ¿Quién más tenía acceso a los fondos de la empresa además de ti?".

"Tienes razón, Bob. Era ella y, además, muy inteligente".

"¿Cómo lo hizo?".

"Ella creó facturas falsas, las pagó y se embolsó los fondos. Importes insignificantes para pequeños proyectos de revisión mediante consultas falsas en nuestra web. Un fraude notablemente sencillo pero sofisticado y que no fue descubierto en tantos años, de ahí la gran cantidad de fondos malversados y encubiertos. De alguna manera, la gente brillante de TBS no pudo verlo en su llamada 'auditoría'".

"Guau. ¿Cómo lograste esto, Harry? Quiero decir, ¿una vez que te enteraste?".

"Bueno, Bob, naturalmente, llamé la atención de TBS sobre todo esto y pedí una compensación; después de todo, también perdimos una gran cantidad de dinero después de que se completó su escrutinio. Después de tardar bastante, TBS me escribió para decirme que no habían hecho nada malo y no me ofrecieron exactamente nada como compensación económica. Bastardos".

"Otra vez, guau. Esa fue realmente una mala respuesta de una firma tan grande y prestigiosa como Tatham, Black & Sanford. ¿Qué vas a hacer?".

"Sería genial recuperar el dinero perdido, pero creo que no es probable que lo consiga del contable, ya que supongo que todo el dinero robado ya no estará y nunca podrá recuperarse, y ella está sentada en algún lugar de la playa disfrutando del dinero ganado con mi duro trabajo. En lugar de eso, decidí acercarme a un abogado y ver qué podía conseguir si demandaba a Tatham, Black & Sanford por negligencia fiduciaria o cualquiera que sea el término legal".

"¿Te reuniste con un abogado y demandaste a Tatham, Black & ¿Sanford?".

"Sí, Bob, me reuní con una abogada. Dijo que podía emprender acciones judiciales contra Tatham, Black & Sanford. Ella me dijo que esperaría gastar una cantidad sustancial en costos legales. Por eso he adoptado un enfoque diferente".

"Harry, no harás ninguna tontería, ¿verdad?".

"No Bob, relájate. Estoy haciendo algo simple y legal. Voy a decir la verdad", y Harry saca una hoja de papel del bolsillo de su abrigo y me la entrega.

Un vistazo rápido a la hoja de papel detalla sólo dos oraciones. El primero es la dirección de un sitio web: www.TBSstandsforTotalBullShit.com.au y el segundo es un enlace a un vídeo de YouTube: https://www.youtube.com/watch?v=TBSZAZAP8Q.

"Harry, ¿qué es esto?".

"La verdad, Bob, la verdad. Sólo voy a decir la verdad y lo hice armando un sitio web y un video de YouTube. Simplemente contarán la verdadera historia de lo que me pasó y cómo Tatham, Black & Sanford asume su responsabilidad ante mí, su cliente".

"¿Qué esperas ganar con estas acciones, Harry? ¿Una disculpa pública?".

"Bueno Bob, espero que Tatham, Black & Sanford se sentirá tan avergonzado por esta terrible publicidad que me ofrecerán algún tipo de compensación o aceptarán un proceso de arbitraje vinculante y justo".

"Harry, si esto no funciona, ¿qué obtendrás al final?".

"Bob, si esto no resulta en nada, al menos tendré satisfacción. ¡La vieja y sencilla satisfacción!".

ASÍ COMENZÓ LA LUCHA

"¡Te digo, papá, que lo voy a matar!".

"¿Por qué dices eso Jessie? ¿Qué ha hecho Jim? ¿No ha traído a casa su nómina esta semana? ¿Se lo ha gastado en las máquinas tragamonedas? ¿Ha ido y lo ha gastado en los ponis? ¿Qué ha hecho para enojarte tanto?".

"¿Qué puedo decir, papá? No ha hecho ninguna de esas cosas. ¡Simplemente peor!".

"Bueno, dime lo que dijo Jim y lo encontraré y lo derribaré al suelo. ¡Nadie le hace daño a mi pequeña!".

"No papá. No necesito tu ayuda con esto. Puedo manejarlo yo misma. No quiero que te involucres. No le digas a mamá que estoy molesta".

Jessie se quedó parada frente a mí con una cara deprimida y ojos tristes como los de un sabueso. Odiaba verla de esta manera, pero hay mucho que un padre puede hacer para ayudar a su hija.

Mientras estaba allí, pensé en el día de la boda de Jessie. No fue un evento elaborado. La madre de Jessie y yo teníamos poco, pero intentamos ofrecerle lo mejor que pudimos sin endeudarnos más. ¿Qué padre no quiere la mejor boda para su hija?

Lo hicimos, todo lo que pudimos gastar, pero con prudencia. Mi esposa y yo nos levantamos temprano e hicimos cientos de sándwiches diferentes para que los invitados los disfrutaran. Nos aseguramos de que también tuviéramos dos hermosos arreglos florales en la iglesia y, al finalizar la ceremonia de la iglesia, le pedí a mi cuñado que consiguiera ambos jarrones y los llevara rápidamente al salón de recepción de la iglesia para que pudiéramos colocarlos estratégicamente para hacer el lúgubre salón un poco más agradable.

No nos detuvimos ahí. Mi esposa Louise es una modista maravillosa y confeccionó el vestido de novia de Jessie. No fue extravagante. El vestido no tenía cola, pero lucía maravilloso porque Louise compró y usó el mejor material que pudimos permitirnos y le quedó maravillosamente a Jessie. Jessie y Louise decidieron que, en lugar de un velo, Jessie tendría una corona floral hecha con flores locales y se aseguraría de que la corona combinara con los dos floreros. Cuando Jessie entró en el altar, fue magnífico verla allí.

"¿Papá? ¿Estás conmigo? ¿Estabas soñando despierto?".

"Sí, Jessie, estoy aquí. Mi mente se desvió hasta el día de tu boda y lo primero que pensé fue: ¿qué pudo haber hecho Jim para enojarte tanto?".

"Él no hizo nada, papá. Acabamos de pelearnos y realmente me enojé con él, así que subí corriendo las escaleras, saqué una maleta, la llené con sus cosas, bajé y la dejé justo frente a él para ver qué hacía".

"¿Qué hizo Jim, Jessie?".

Con un par de lágrimas en los ojos, mi pequeña explica: "Recogió la maleta y sin decir palabra, se dio vuelta y se dirigió a la puerta principal para irse".

"¿Qué hiciste, Jessie? ¿Dijiste algo en ese momento?".

"Estaba tan enojada con él que le dije algo horrible a Jim".

"¿Qué le dijiste a él?".

Un poco indecisa, Jessie espera un momento para recuperar la compostura y me dice: "Papá, dije: 'Jim, ¡deseo que tengas una muerte lenta y horrible!'".

"Oh, Dios mío, Jessie. ¿Qué hizo Jim entonces?".

"¡Nada!".

"¿Nada? ¿No hizo nada? ¿Te dijo algo?".

"Sí, lo hizo, papá. Fue horrible".

"¿Qué cariño? ¿Qué dijo Jim?".

"Entonces, ¿quieres que me quede?".

"¡Ahí fue cuando realmente comenzó la pelea, papá!".

LA LLAVE DEL AMOR

Todos buscan el amor

¿Es el amor como una llave?

Si es así, entonces mi llave para amar,

Abre todas las puertas que hay.

Puertas cerradas dentro de mi corazón.

También es la llave de la vida,

Eso abre todas las puertas que hay

Algunas puertas están cerradas dentro de la mente.

Algunas están en mi alma

Eso abre todas las puertas que hay

El amor también es la llave de la felicidad,

También desbloquea todas las puertas que hay

Encerrado dentro de mi espíritu.

La llave del amor,

Desbloquea todo.

PAPÁ TENÍA RAZÓN

Pablo provenía de una familia de pistoleros. Su bisabuelo lo fue, luego su abuelo, luego su padre y ahora lo es él. Un pistolero.

Cada pueblo tenía una familia armada. En primavera, los pueblos de los alrededores se reunían para celebrar la temporada y todas las familias visitaban otro pueblo. Aquí Pablo escuchó historias sobre los pistoleros. Historias fascinantes que los ancianos compartieron, pero a veces las historias eran más oscuras y solemnes. Los mayores hablaron rápidamente sobre ellos y parecían más interesados en compartir, lo que cautivó a los niños pequeños que los visitaban.

Nunca supo cómo obtuvieron el nombre de "pistolero" y cuando le preguntó a su padre, todo lo que respondió fue: "No me importa. Paga las cuentas".

Por supuesto, eso no fue satisfactorio para Pablo, así que investigó un poco y encontró un libro en un viejo edificio desolado que tenía un gran letrero en la parte superior del edificio parcialmente destruido: "Nor*h*ort Libr***".

Examinó minuciosamente el libro, pero no entendió los símbolos, le garabateaba a Pablo, pero el libro tenía algo así como heliógrafos y contenía hombres con pistolas en la mano. Esto emocionó a Pablo, quien llevó su nuevo tesoro a su padre y le señaló a los machos en los heliógrafos y su padre gruñó: "Sí, son pistoleros de los viejos tiempos".

"Está bien", pensó Pablo, ahora sabía que seguramente había pistoleros en los "viejos tiempos", como su padre. Su bisabuelo podría estar en uno de estos heliógrafos, pero por mucho que Pablo buscó en el libro, ninguno de los heliógrafos mostraba a su bisabuelo ni a ninguno de sus antepasados.

Obtuvo su título de pistolero a los trece años, como ocurre con la mayoría de los hombres, y comenzó su entrenamiento. Fue un entrenamiento riguroso que duró diez horas al día, seis días a la semana y continuó durante cuatro años, y cada año, el entrenamiento fue más intenso hasta que cumplió los dieciocho años cuando su padre dijo que estaba listo para su primera cacería.

Pablo estaba emocionado. Había oído muchas historias de otros jóvenes pistoleros sobre su primera cacería. La persecución, la aventura, pero ninguno de los jóvenes narradores entró en detalles. Cuando Pablo pidió más detalles, lo ignoraron o tomaron una taza de avena y se ahogaron hasta llegar al estupor total. Ningún joven pistolero compartió mucho, lo que hizo que la caza fuera más emocionante y preocupante para Pablo.

Después de pensarlo un poco, Pablo decidió que era hora de averiguar todo lo que pudiera antes de su primera cacería y se acercó a su padre en busca de respuestas.

"Papá, ¿crees que estoy listo para mi primera cacería?".

Jürgen miró a su pequeño hijo y le respondió: "Sí. Estás listo, hijo mío".

"Papá, ¿cómo sabes que estoy listo?".

Nuevamente, con voz profundamente seria, Jürgen da su respuesta: "Pablo, has pasado incontables días y años practicando tus habilidades como pistolero. ¿Crees que puedes asumir tu deber de disparar y, cuando una bestia se lance hacia ti, disparar y no fallar, matándola así?".

"Sí, te lo digo, papá; ¡Voy a apuntar con mi arma y a matarla!".

Jürgen sonríe un poco. "¿Qué sabes de la bestia, hijo mío? ¿Qué han compartido contigo los jóvenes pistoleros? ¿Algún detalle? ¿Alguna información sobre a qué se enfrentaron en su primera cacería?".

"No papá. Todos los jóvenes armados se jactan, pero no pueden proporcionar mucha información sobre su primera cacería, los pocos que han regresado. Muchos no regresan. ¿Eso es correcto, papá?".

"Sí, muchos jóvenes pistoleros han ido a su primera cacería y no han regresado. Nuestra familia se ha entrenado bien a lo largo de los siglos y todos nuestros varones se han convertido en tiradores exitosos y siento que tú también lo serás. ¿Tienes miedo, hijo?".

Pablo miró a su padre, sin saber qué responder. De hecho, había entrenado todos estos años y, en cuanto a sus habilidades para disparar, era uno de los mejores. Podía matar Rabbitohs, panteras, que corrían rápido, desde una distancia de doscientos metros y estas criaturas eran del tamaño de un macho, por lo que no creía que entrara en la categoría de los asustados.

"No, no tengo miedo, padre. Estoy listo".

"Mi hijo. ¿Has visto alguna vez una bestia?".

Ésa sí que era una pregunta extraña, pensó Pablo. Nadie en el pueblo había visto nunca una bestia, sólo los pistoleros que regresaban de su primera cacería, y hablaban poco de ello. Pablo sabía esto. Las bestias eran criaturas nocturnas. Cuando era niño escuchó historias sobre lo diabólicas que eran, lo feos que eran sus rostros, lo diabólicos que parecían sus ojos negros y lo peligrosas que eran, pero no, nunca había visto una. Pablo estaba feliz de no haber visto ninguna, pensó mientras miraba a este padre esperando que continuara.

"Déjame mostrarte algo", dice Jürgen, sacando un heliógrafo y colocándolo en las manos de Pablo.

"Dime qué ves, Pablo".

Pablo ve a una mujer, descalza y con el pelo suelto, vestida con un vestido. Sus ojos no parecían arder como los que contaban los jóvenes pistoleros en sus historias. Su piel no parecía pálida. Ella era hermosa. Tenía unos ojos verdes penetrantes que le recordaban a su madre, pensó Pablo.

"¿Quién es esta mujer, papá?".

"Ésa es la bestia que buscarás y matarás".

La mente de Pablo explotó. ¿Cómo puede ser esto cierto? ¿Cómo es que esta hermosa hembra es una bestia? Tiene que haber un error; si, eso es todo, es un error.

"Padre, no entiendo. ¿Es esta hembra una bestia o no?".

"Ella es la bestia que debes matar. Esta noche. Prepárate para la caza", y Jürgen lo dejó allí de pie, sosteniendo el heliógrafo de la bestia que debía matar.

¿Cómo podía matar a una mujer tan hermosa? Ella no puede ser una bestia. Tiene que haber un error, pero su padre había hablado y él obedecería a su padre. Cumplirá con su deber para con su familia y su pueblo. Esta noche será su primera cacería.

En el momento designado, Pablo se reunió con su padre, quien le entregó un mapa que señalaba el área que la gente del pueblo llamaba CBD y colocó una X en un edificio que su padre llamaba almacén. Entonces Jürgen le habló: "Pablo. Cumple con tu deber esta noche y regresa con nosotros enseguida con la cabeza de la bestia. ¡Tu familia, tu aldea, depende de ti para completar tu primera misión!".

Después de un rápido abrazo, Pablo se adentró en el bosque para dirigirse a la tierra del CBD y encontrar el extraño edificio del almacén.

La caminata tomó más de tres horas de arduo ascenso y cruce de pequeños arroyos. En el camino, Pablo vio artefactos que le recordaban las historias que había escuchado de su abuelo y su padre cuando era joven. Maquinaria quemada, restos desechados de artefactos extraños, muchos de los cuales no reconoció, pero continuó con su misión, siempre revisando su mapa en busca de puntos de referencia y asegurándose de dirigirse hacia el edificio llamado "almacén".

Cuando Pablo llegó al lugar del mapa, lo reconoció. Parecía el objeto marcado con una X en su mapa. Viejo, desolado, deteriorado y, sin embargo, vio un fuego en su interior. Pablo se acercó sigilosamente, con el arma en la pistolera y levantó la cabeza para ver a través de una ventana quién había provocado el fuego.

Entonces la vio. La bestia.

La bestia se sentó en una mesa y tiró suavemente de una pequeña cuerda hacia ella, pero no había nada atado a la cuerda. La bestia parecía distraída y vulnerable, y Pablo se mantuvo agachado mientras entraba al almacén; se escondió detrás de una columna. Pablo ahora tenía un tiro excelente.

El dedo de Pablo se materializó sobre el gatillo, sin saber si podría soportar siquiera la idea de golpearla con el arma. Él tenía que. Ella era una bestia, pero él no se atrevía a derribarla. Pero ella es una bestia que ha matado gente en su aldea y él era un pistolero, entrenado sólo para esta tarea. Él apunta y mientras aprieta su arma, la bestia tira de la cuerda y levanta a Pablo con su pierna izquierda atrapada en una trampa. Deja caer su arma y queda colgando boca abajo, indefenso.

Siente que algo helado le agarra la muñeca. Una mano.

Pablo ahora está mirando a los ojos de la hermosa mujer. Había perdido su arma y ahora estaba a su merced. Ella mira, parece reconocer a Pablo y sonríe.

Pablo se sintió aliviado porque la hembra tiene unos bonitos ojos de color verde intenso, a diferencia de los cuentos.

Pablo le sonríe.

La hembra agarra la cabeza de Pablo y le gira suavemente el cuello, dejando escapar un aullido escalofriante, y sus colmillos se hunden profundamente en el cuello de Pablo y lo muerden con fuerza, extrayendo sangre que empapa el suelo debajo de Pablo.

Pablo está aturdido. Él falló. Esa noche no regresaría a su pueblo. Nunca volverá a ver a su padre.

Su historia nunca será transmitida a sus hijos y nietos, porque resultó que la hermosa hembra era en realidad una bestia.

Papá tenía razón, pensó Pablo al ver desvanecerse la última luz de la noche.

LOS RECUERDOS ESTÁN HECHOS DE ESTO

A principios de la década de 2150, a Bartolomé le encantaba visitar a sus abuelos, que vivían en el pintoresco pueblo de Little Burfordville, Sección Ocho en Devon, Nueva Inglaterra, establecida cerca de la costa seca. A los doce años, Bartolomé era demasiado pequeño para quedarse solo en casa, por lo que acompañó a sus padres en sus vacaciones anuales de dos semanas y se quedó en un alojamiento con desayuno cerca de las costas restantes. Los abuelos de Bartolomé dirigían la tienda del pueblo de Little Burfordville para comprar repuestos para Android y vivían encima de la tienda.

Los abuelos de Bartolomé conocían su oficio. Si estaba buscando piezas de repuesto para Android, su tienda era el lugar al que acudir.

¿Necesita un módulo de IA inteligente? Lo hacen.

¿Necesita reemplazar la pantalla digitalizadora táctil dañada, agrietada y defectuosa? Sí, ellos también lo conseguían.

¿Qué tal si desea reemplazar su cámara de documentación interna original vieja, dañada o faltante con piezas nuevas? Este es su lugar también.

Además de esto, tenían una inmensa variedad de otras piezas de repuesto necesarias en su sitio web. Los abuelos de Bartolomé ya llevaban cuarenta años haciendo esto y eran los mejores.

Su aldea estaba formada por pequeños búnkeres de cemento construidos después de la guerra. En una pequeña elevación se encontraba el gran cementerio donde ahora estaba enterrado el noventa por ciento del pueblo. Los pocos búnkeres que quedaban daban al centro del pueblo, donde alguna vez grandes robles se alzaban orgullosos sobre la exuberante hierba verde, ahora nada más que tierra suelta, y un pequeño estanque seco que solía ser hogar de patos salvajes, según la leyenda. En el pueblo no había aceras ni farolas. De las antiguas leyendas sólo quedaban una cabina telefónica roja y los fortines para las armas.

Los abuelos de Bartolomé construyeron su tienda de tal manera que los clientes tenían que entrar por la puerta principal, pasar por el sistema de monitoreo de seguridad y luego tenían que navegar por el escáner electromagnético para asegurarse de que nadie llevara una bomba interna. Aunque Bartolomé tenía doce años, tenía que pasar por este sistema cada vez que entraba a la tienda.

Bartolomé vio un suelo de madera durante su primera visita a la tienda de sus abuelos. Les preguntó a sus padres qué era, y ellos simplemente se encogieron de hombros y le dijeron que les preguntara a sus abuelos cuando tuviera la oportunidad. Cuando Bartolomé lo hizo, la respuesta fue sencillamente fascinante. La madera procedía de los árboles, algo que Bartolomé nunca había visto. Aprendió que, en los viejos tiempos, los árboles y las plantas emitían el oxígeno que los humanos necesitaban para sobrevivir, pero después de la guerra y la evaporación de dicho oxígeno, nuestros nuevos cuerpos androides simplemente ya no necesitaban ese gas químico.

A Bartolomé siempre le encantó ver a sus abuelos por dos razones. Primero, claro, son sus abuelos y segundo, las historias.

Compartieron con él historias sobre cosas tan maravillosas que nunca había visto. Sacos abiertos que contenían patatas, estantes llenos de latas de guisantes, judías y zanahorias, paquetes de mantequilla, sal y natillas en polvo.

Luego algunas historias fueron aún más increíbles. Delicias como refrescos, helados, barras Mars, Kit-Kats, barras Curly Wurley, ¡y podías disfrutar de todas estas cosas extrañas frente al fuego!

La abuela de Bartolomé conocía personalmente a la mayoría de sus clientes y siempre dejaba lo que estaba haciendo para charlar. De vez en cuando, llegaban extraños androides de otras aldeas y luego comenzaba el rumor, preguntándose quiénes eran y qué estaban haciendo en la aldea. Ningún Android podría permanecer anónimo en un pueblo tan pequeño.

A Bartolomé le encantaba ver toda la acción. No había moneda, por lo que no había necesidad de caja registradora. Todos tenían su tarjeta token universal para realizar sus compras. Pasara lo que pasara, a Bartolomé todavía le gustaba ir detrás del mostrador, mirar debajo y ver una caja vieja que no funcionaba pero que su abuela conservaba. Ella dijo que era por los recuerdos.

Su abuelo solía abrir la tienda alrededor del mediodía y cerrarla al final de la tarde, lo que le daba a Bartolomé mucho tiempo para recopilar historias de sus abuelos temprano en la mañana y luego verlos trabajar.

Justo antes del anochecer, sus abuelos subían las escaleras y se acomodaban para pasar el día y nuevamente lo obsequiaban con más historias de los días dorados, como también los llaman a veces. Por eso le encantaba venir a visitar a sus abuelos.

Para Bartolomé, fue un momento mágico en el que la oscuridad del crepúsculo quedó cubierta por las vívidas imágenes de su mente.

Finalmente, en 2172, después de que sus abuelos dejaran de funcionar, la tienda cerró, pero Bartolomé nunca olvidó sus visitas. Viajaba de regreso al pueblo, se sentaba donde solían estar los viejos robles y soñaba con las veces que visitaba la tienda de sus abuelos.

ES UN INFIERNO ENVEJECER

"Me gustaría informar de su desaparición, por favor", se dirigió la anciana al joven agente de policía que estaba detrás del escritorio.

"¿Cuándo notó por primera vez que este individuo estaba desaparecido?", responde, mientras mira rápidamente su reloj, son las 7 a.m., "ve, qué manera de empezar el día", piensa para sí mismo. El agente Barker saca un formulario, saca el bolígrafo del bolsillo de su camisa y la mira.

"¡Dios, no, no!" afirmó la mujer. "No es una persona la que falta. Es mi juventud".

El agente Barker no estaba seguro de cómo manejar esta situación, pero él era el oficial de guardia esta mañana, así que continuó.

"¿Puede darme su nombre?".

"Afila".

Mirándola fijamente, le preguntó: "Su apellido también, por favor".

"Sólo Afila. Como Madonna o Beyoncé, ya sabes".

El agente Barker pensó que su nivel salarial realmente no lo compensaba por este tipo de encuentros, trajo a su sargento y le pidió a Afila que se sentara junto a la pared en el banco mientras él hablaba con su superior.

Afila sonrió, se sentó y esperó. Mientras lo hacía, se planteó si estaba haciendo lo correcto o simplemente estaba siendo quisquillosa. Su hija, Harmonía, no fue de ninguna ayuda cuando se le acercó con su problema, reflejando su actitud constante al decir simplemente: "como sea".

Afila no estaba de acuerdo con ella. Simplemente estaba harta y cansada de los cambios que estaba experimentando y quería que se arreglaran. El problema era común y esperado en los humanos, pero no en ella. Afila está segura de que podrán resolver el problema con un buen trabajo policial.

"¿Puedo ayudarla, señora?", preguntó el sargento, de pie detrás del escritorio. El agente Barker estaba junto al formulario de sargento, listo y con el bolígrafo en la mano, esperando tomar su primera nota.

Afila gimió un poco mientras se levantaba del banco, se acercaba al escritorio y pensaba en cómo describir mejor su problema a estos dos hombres. ¿Comprenderían siquiera su dilema?

"Primero, soy señorita", y describió su problema. Escucharon atentamente cuando contó cómo se despertó esta mañana y su juventud acababa de desaparecer. Hicieron algunas preguntas que Afila simplemente no pudo responder. Ella entendió la pregunta, pero su memoria simplemente no podía enfocar la respuesta. "No sólo le faltaba su juventud, sino también partes de su memoria", pensó para sí misma.

El sargento parecía atónito y Afila vio que el lado derecho de su boca se curvaba un poco. Ella hablaba en serio sobre este asunto. Después de una hora de ida y vuelta con ambos hombres, el sargento dijo que tendría que derivarla a alguien con un poco más de experiencia. Afila se confundió cuando el sargento dijo que lo mejor era ir a la biblioteca de Northport y hablar con Alessia Vassallo, la bibliotecaria de la ciudad. El agente Barker se sintió aliviado de no tener que completar un formulario de persona desaparecida con esta tontería y felizmente volvió a guardar su bolígrafo en el bolsillo de su camisa y sonrió para sí mismo al ver a la mujer mayor salir de la policía.

La biblioteca de la ciudad estaba a pocos pasos de la policía y Afila llegó a buen tiempo, llegando sólo unos minutos después de que la biblioteca abriera sus puertas a las 8:30 a.m. Se dirigió directamente al mostrador y pidió hablar con Alessia Vassallo. El empleado detrás del mostrador cogió el teléfono, marcó, murmuró algo que Afila no escuchó y colgó. Afila esperó y luego escuchó: "¿Cómo puedo ayudarle hoy?", le preguntó Alessia a Afila.

"Me preocupa haber perdido mi juventud. Intenté denunciarlo a la policía, pero no me ayudaron y me sugirieron que fuera a la biblioteca y preguntara por usted. ¿Me puede ayudar?".

"No entiendo. ¿Dijo que perdió su juventud? ¿Cómo puedo ser de ayuda? ¿Puede explicar cómo cree que puedo ser de ayuda?".

Alessia escuchó atentamente mientras Afila explicaba lo que quería decir. Ya sea que el tiempo haya tenido un "hipo" o que haya sucedido algo científicamente que Afila no sabía, su belleza duró un tiempo excepcionalmente largo. ¿Por qué envejeció de la noche a la mañana? Además, los policías le dijeron que viniera a verla.

"Venga conmigo, Afila", dijo Alessia. "Tengo una habitación llena de libros que podrían ayudarle a encontrar la respuesta, y una en particular".

Alessia llevó a Afila a la parte trasera de la biblioteca, donde muchos estantes contenían libros. El lugar estaba desprovisto de gente. Grandes mesas estaban inactivas esperando que alguien les pusiera un libro encima. Entonces Alessia se detuvo frente a una puerta, la abrió y llevó a Afila a una habitación separada.

En la habitación, Afila podía ver filas de estantes a lo largo de cada pared, cada uno etiquetado con una letra, comenzando con A en la parte superior izquierda. Alessia cruzó la habitación con una desgastada escalera de madera, la subió, cogió un libro y lo colocó sobre la única mesa de la habitación.

Afila vio el título del libro: *Afrodita: La historia de la diosa griega del amor* de Charles Able River.

"Este libro debería darle una respuesta a sus preguntas, Afila. La dejaré en paz para que lea, y espero que encuentre la respuesta".

Afila se sentó y abrió el libro. Leyó durante más de una hora y estudió las fotografías. Era ella en el libro y era joven, sana y hermosa. Nada como ahora. Vieja, pálida y con todos los dolores y molestias que forman parte del envejecimiento como ser humano. Ella entendió ahora. Cuando tomó forma humana y se asoció con su amante mortal, Anquises, de quien se convirtió en madre de Eneas y del apuesto joven Adonis, ésta fue la reacción en cadena que precipitó su envejecimiento.

Afila abrió la página que la mostraba en su dibujo más hermoso que la representaba en la cima de su belleza y miró directamente al dibujo y oró a sus padres, Zeus y Dione, para que la ayudaran a ser joven una vez más.

Una niebla desciende repentinamente en la habitación, envolviendo a Afila, entonces la niebla desaparece.

Alessia visita a Afila durante la hora del almuerzo y encuentra la habitación vacía. El libro está abierto y muestra un dibujo de una mujer desnuda, de pie junto a un gran jarrón, con la mano cubierta por un chal. El parecido no la sorprende y lee la inscripción: "Afrodita de Cnido, copia romana en mármol de la estatua griega de Praxíteles, c. 350 a. C.; en el Museo del Vaticano".

Alessia toma el libro, coloca la escalera de madera en su lugar, coloca el libro en su lugar original y sale de la habitación, cerrando la puerta.

Alessia sonrió. Siempre le gustó su nombre humano, pero le gustó mucho el nombre de nacimiento que le dio su padre Cadmo: Thyone.

Era una pena que su abuela no sólo hubiera perdido su juventud sino parte de su memoria, porque no reconocía a su nieta, la hija de Cadmo y Harmonía.

Pensó que debía ser esa aflicción, la demencia, que aflige a tantos humanos, mientras regresaba a su oficina para catalogar algunos libros recién llegados.

UN POCO DE ROMANCE

Se veía tan hermosa desde lejos y estaba seguro de que cuanto más me acercaba a su belleza, ésta no disminuiría, sino que aumentaría a medida que mis ojos la contemplaran. Desde esa distancia, ella era una criatura más grande que yo, pero eso hace que la vida sea interesante, ¿no?

Mi estrategia era simple: acercarme a ella y cortejarla desde lejos para tomar precauciones y no ser confundido con otra cosa. Sobre todo, soy un amante y no quiero que me confundan con nada más.

Hay muchas maneras de atraer mujeres, pero con el tiempo, desarrollé un método único que rara vez falla. No tengo vergüenza de compartirlo aquí, porque el lector también podría probar este método y aumentar sus posibilidades de romance. Es difícil, así que le di un nombre a esta técnica: "sacudida de grupa".

A medida que avanzo más hacia su salón, comienzo a sacudir el trasero enérgicamente. Este temblor crea una sensación, una vibración que se puede sentir a través de la fibra de todo mi cuerpo, transmitiéndose como ondas hacia ella y ella siente las señales que corren en su dirección.

Cada vez más cerca, entro y ella me siente. Yo paro. Avanzo más y hago una pausa nuevamente. Avanzando poco a poco hacia el amor de mi vida, aunque ella todavía no lo sabe.

Intento distintos movimientos a medida que me acerco. Mi patrón es excepcional y ella puede sentirlo. Soy claramente diferente de los demás que se acercaron a ella con movimientos más cortos e irregulares, apenas distintos unos de otros. Soy diferente. Único. Especial. Y ella lo sabe.

Imagínate a la hija de Billy Ray Cyrus haciendo un "twerk" e inmediatamente me ves y puedes darte cuenta de lo superior que es mi enfoque. Mi twerk no es sólo mi trasero sino también mi abdomen, bastante distintivo y, me atrevo a decir, ¡sexy!

Mi twerking provoca vibraciones distintas al staccato, movimientos esporádicos provocados por los "otros", ejemplares inferiores, los llamaría.

Me propuse sobrevivir, disfrutar lo más a menudo posible y asegurarme de que la duración, frecuencia y amplitud de mis vibraciones fueran tan únicas que ella no pudiera decir que yo era otra persona y confundirme. No quería, cuál es la palabra usada, ah, sí, una devoradora de hombres, no, quería pasión de ella. Que esta belleza se deje seducir por mí y no que me vea como algo que pueda masticarse y escupirse, como la canción de la letra de Cobra Starship.

Mi presencia desprende vibraciones satisfactorias, buenas vibraciones, dirían ustedes, mientras me acerco a ella y ella lo sabe. Estoy seguro de que sí. Mi vibración era tranquila, porque cuanto más me daba por vencido, más exitosa era mi conquista. Los "otros" siempre eran demasiado ruidosos y ella determinó de inmediato que serían agresivos, luchó contra ellos y ganó. Eso no me pasaría a mí.

De repente ella me responde, con sus propios espasmos, sugiriendo que es posible una comunicación de ida y vuelta y que yo me acerque. Sonrío y ella me ve brillando como el sol amarillo, y sigo acercándome.

Me emociono cuando me acerco a ella; ella se está portando perfectamente conmigo. Un compañero perfecto, listo para recibir el botín por el que trabajé tan duro. Inesperadamente, tropiezo y hago un movimiento repentino. Mi vibración es más inusual y su enfoque cambia del "Amore" a otra cosa, miedo, y me ataca.

Mientras me perfora con sus colmillos y administra enzimas digestivas en mi cadáver, me maldigo por sentirme atraído por esta viuda negra. Las cosas que hacemos los hombres por un poco de romance.

CON ESTE SIMPLE GESTO

Podría describir a Bill Walcott como el típico granjero australiano. Su estación ganadera es menor en comparación con la de algunos de sus vecinos que tienen menos de cuatro mil kilómetros cuadrados, aun así, lo mantiene fuera de los potreros la mayor parte del día.

Hoy no fue diferente de los días anteriores, pero Bill tuvo mucha sed y terminó un poco antes, y se dirigió al pub local para tomar una cerveza fría y charlar con cualquiera de sus vecinos que también podrían haber terminado temprano.

Bill se sentó en su vehículo de cuatro ruedas y llamó a su esposa, pero en su lugar recibió su correo de voz, por lo que le dejó un mensaje de voz diciéndole dónde iba a estar e incluso, le proporcionó la hora en la que podría estar en casa y que Miriam no se preocupara por la cena esta noche y, por supuesto, si tenía preguntas, volvería a llamarla.

Conduce su vehículo de cuatro ruedas hasta el granero más cercano, lo guarda, le quita el polvo a su gorra Akubra, cambia a su camioneta y se dirige a la ciudad, llegando justo después de las 5 p.m., lo suficientemente temprano como para decir que tuvo un día largo, y así fue, y lo suficientemente tarde para tomar una buena bebida fría.

Al entrar, nota muchas caras familiares y Bill devuelve todos los saludos y se da cuenta de que Jim Bartlett está sentado en una mesa alejada de la barra principal y se une a él. Mientras camina hacia Bill, le hace un gesto a Angus, el camarero de siempre, y se sienta.

"Hola Jim, estás solo aquí. ¿Has enfadado a alguien últimamente y te estás escondiendo?".

"Hola compañero. Si, lo hice. La señora está realmente enojada conmigo por alguna tontería que hice y que no quiero compartir, pero sí, la hice enojar".

"Está bien", pensó Bill, mientras colocaba su sombrero sobre la mesa junto al Akubra de Jim. Jim solía ser un tipo muy conversador, pero si no quería hablar, simplemente se sentaba con Jim y tomaba su cerveza una vez que Angus se la entregara.

"Está bien por mí, Jimbo. Puedo sentarme aquí, relajarme y disfrutar de mi cervecita", y si hago magia, Angus aparece con el vaso de cerveza de Bill.

Bill le levanta la cerveza a Jim, pronuncia un "Salud" y sorbe la cerveza, saboreando su sabor dulce y el sabor crujiente que evoca en su boca. Después de un largo día en el polvo, es una excelente manera de concluir el día.

Pasan unos minutos y Jim mira directamente a Bill y le dice: "Si comparto algo contigo, ¿no lo contarás por toda la ciudad, ni siquiera con tu esposa?, Será algo entre nosotros. ¿Bien?".

 Con su cara más seria, Bill simplemente asiente.

Jim se toma unos minutos para descubrir cómo decir lo que intenta compartir con Bill y, después de lo que parece una eternidad, comienza.

"Bill, nos conocemos desde hace más de treinta años, ¿verdad?".

"Sí".

"Siento que puedo confiarte lo que estoy a punto de compartir contigo, así que no me obligues a perseguirte si escucho que le contaste a alguien lo que estoy a punto de compartir contigo ahora. Nadie más lo sabe. Sólo Mary, yo, y ahora tú".

Bill toma un trago de su cerveza, esperando las peores noticias del mundo de parte de Jim, y nuevamente saluda a Angus para que lo repita.

"Sabes que amo a Mary, Bill. Soy un hombre de una sola mujer y nunca la he engañado, ¿verdad?".

Bill simplemente asiente y tan sólo dice: "Continúa".

"Bueno, anoche cuando me acosté con Mary, me sentí, bueno, juguetón y aunque tuve un día muy duro con el ganado y tuve algunos problemas con algunos trabajadores, realmente la deseaba, pero ella dijo que sí, cansada, y por supuesto, argumenté que ella no podía estar tan cansada como yo y, por supuesto, eso llevó a un gran azul, si sabes a qué me refiero".

En ese momento, Angus le entrega su cerveza a Bill y la conversación se detiene por un momento, pero una vez que Angus estuvo más cerca de la barra, Bill responde.

"Jim, míranos. No somos esos jóvenes que empezaron a colaborar con nuestros padres en nuestros ranchos. Ahora tenemos más años, más dolores y molestias, y ambos pasamos momentos salvajes antes de casarnos, así que una vez que encontramos, en tu caso, a Mary y en el mío, a mi Miriam, no tuvimos que andar por ahí. Entonces sí, Mary sabe que la amas, pero Mary también tiene hijos que se encargan de todas las tareas del hogar y ella se ocupa del lado comercial del rancho, ¿verdad? Entonces ella tiene derecho a estar igual de cansada. Demonios, incluso más cansada que tú, creo".

"Diablos, sí Bill. Tienes razón, y anoche no la traté bien y la molesté cuando le dije esas cosas. ¿Alguna vez le has hecho eso a Miriam?".

Bill toma un pequeño sorbo de su cerveza y se toma un momento para reflexionar y encontrar la manera correcta de responderle a su viejo amigo.

"Jim, ¿puedo hacerte una pregunta personal?".

"Seguro. ¿Qué pasa, Bill?".

"¿Qué tipo de cama tienes, Jim?".

"¿Qué tipo de cama? ¿Qué quieres decir, Bill?".

"Vamos, Jim, ¿sabes? ¿Tienes una cama tamaño king, una cama tamaño queen o qué? Eso es lo que quiero decir".

"Oh, tenemos una cama tamaño king. ¿Por qué lo preguntas?".

Nuevamente, tomándose su tiempo, Bill bebe su cerveza y le explica a Jim por qué el tipo de cama es importante.

"Jim, Mary sabe que la amas. También sabe lo duro que es nuestro trabajo, aunque el suyo no es más fácil. Pero cuando se trata de determinadas situaciones, a veces una mujer simplemente no está preparada, y eso me pasó a mí hace unos quince años y encontré una solución y no me ha fallado desde entonces".

Ahora casi se podía ver a Jim levantarse de su lado de la cabina. Su interés aumentó al saber que Bill, aunque sólo cinco años mayor que él, tenía mucha experiencia mundana.

"Dime, Bill, ¿puedes compartir tu solución conmigo? Realmente quiero hacer feliz a Mary y nunca poner en peligro mi matrimonio".

"Por supuesto, Jim. ¿Para qué están los amigos? Puedo compartir contigo esta sencilla solución".

"Espera un momento, Bill", y Jim se levanta, va al bar y regresa con dos goletas.

"Está bien, Bill, estoy listo. Dime esta solución".

"Es realmente simple, Jim. Deshazte de tu cama tamaño king y consíguete dos camas individuales". Y Bill toma un gran trago de su goleta.

Jim mira a Bill con asombro.

"¿Qué quieres decir con deshacerme de nuestra cama tamaño king y conseguir dos camas individuales? Esa no puede ser la solución, Bill. Tiene poco sentido".

Bill termina su goleta.

"Jim, ahora mismo, prepárate para ir a la cama y Mary puede que esté lista o no cuando quieras ponerte juguetón, como tú lo llamas. ¿Correcto?".

"Sí, pero ¿cómo resolverá mi problema un par de camas individuales? ¿Cómo voy a saber que Mary tiene interés?".

"Sencillo", responde Bill.

"Después de reemplazar tu cama tamaño king por dos camas individuales, te llevas el sombrero al dormitorio".

"¿Qué? ¿Qué hace eso? Bill, ¿es ésta tu solución sencilla?".

"Sí, Jim, lo es. Llevas tu sombrero al dormitorio y cuando te metes en tu cama individual y Mary se mete en la suya y te sientes juguetón, le arrojas tu sombrero".

"¿Ese es el sistema? ¿Funciona, Bill?".

"Lo hace, Jim".

"¿Cómo?".

"Si Mary no está interesada, te lanzará el sombrero, pero si está interesada, Mary se levantará de su cama y te lo devolverá y con este simple gesto, ambos serán felices".

LA OVEJA NEGRA DE LA FAMILIA

El sol de la tarde había pasado el punto medio en el prado, y algunas de las sombras de los árboles ahora traían un poco de alivio del calor del mediodía, mientras la familia se reunía para un agradable picnic dominical.

Fue lindo que la familia se reuniera así. Mientras Ralphie miraba a su alrededor, pudo ver a Ella, su hermana mayor, jugando con su sobrino Marky, mientras su hermano menor, Ken, ya tenía hambre como siempre y ya estaba picoteando su comida, sin tener en cuenta el hecho de que es de buena educación esperar a que todos coman juntos. Ralphie también vio a su otra hermana, Esme, relajándose bajo la sombra, luciendo bastante tranquila.

A su izquierda, Ralphie vio la granja Carmichael y vio que también habían elegido el día perfecto para hacer un picnic y que la familia estaba afuera preparándose. Ralphie también pudo ver a Emma y Evelyn. Emily y Elizabeth corrían divirtiéndose, pero, de repente, su mirada se detuvo en otro grupo en particular en el césped.

Sabía que no era el favorito de este grupo, porque siempre lo abandonaron y le pusieron una etiqueta que odia, pero realmente no había mucho que Ralphie pudiera hacer al respecto.

Cerca de las hembras, Ralphie vio a sus primos Rory, Finlay, Alastair, Avery, Balfour y Barclay tumbados en un círculo y teniendo una animada conversación.

Ralphie se acercó con indiferencia para poder escuchar al grupo y se sorprendió de que con sólo girar la cabeza pudiera escuchar la conversación centrada en él.

Rory: "Fue amable por parte de los Carmichael hacer este picnic hoy".

Barclay: "Sí. Resultó ser un día perfecto".

Finlay: "Hay comida para todos. Nadie pasará hambre hoy".

Avery iba a decir algo, pero se detuvo cuando notó que Alastair estaba sonriendo, así que le preguntó: "Alastair, ¿por qué es la sonrisa?".

Alastair: "Sólo estoy pensando en Ralphie. Qué raro se ve siempre cuando tenemos una reunión de estas. Eso sí que es muy extraño".

Balfour soltó una carcajada como el balido de una vieja cabra. Sonaba así, probablemente porque a Balfour le encantaba imitar a todos los que estaban en la estación. "Sí, es extraño. El más raro del grupo. No entiendo cómo es tan inusual. Nadie más en la familia es tan extraño".

A Ralphie le dolieron los sentimientos cuando escuchó la conversación. Como siempre, en la familia lo señalaban y se burlaban de él. Odiaba ser raro. Barclay interrumpió sus pensamientos cuando habló.

"Ahora escuchen, chicos, tienen que dejar de meterse con Ralphie o mamá se enojará con todos nosotros y no podremos participar en futuros picnics o carreras ni en cualquier otra cosa que la familia planee en el futuro. Estemos de acuerdo en que la tez de Ralphie lo vuelve raro, pero no es necesario recordárselo constantemente. No puede ser fácil para él".

"Bueno, ¿quién te nombró consolador principal, Barclay?", pregunta Finlay. "¿Por qué te preocupas por

Ralphie ahora? ¿Es porque lo viste a él y a tu hermana pequeña Evie hablando el otro día?".

El grupo se ríe de la burla de Finlay hacia Barclay y esto molesta a Barclay y casi piensas que tiene un episodio de vaca loca.

Barclay esperó a que el grupo se calmara antes de hablar.

"Sí, vi a Ralphie y Evie simplemente hablando, eso sí, nada más. ¿Así que qué? Pueden ser amigos si así lo desean. Saben que eso es todo lo que pueden ser. Nada más".

Nuevamente, hubo un murmullo en el grupo, pero se apagó rápidamente cuando Finlay dice: "Mira aquí. Ahí está Ralphie inclinándose para escucharnos. ¡Hola, cosa graciosa!".

El grupo comienza de nuevo con una risa bulliciosa y Ralphie huye hacia un árbol solitario en medio del prado. Se acuesta bajo el árbol y se enfurruña.

"¿Por qué me odian tanto? Nací de esta manera".

"No es culpa mía que, debido a un defecto genético, mi lana sea merino negro en lugar de merino blanco. La vida es tan injusta".

Mientras Ralphie yace debajo del árbol, sus pensamientos vagan mientras piensa en las posibilidades que podrían estar aguardando para su vida cuando, a lo lejos, ve un punto oscuro.

Galopa hasta allí y frena.

Estar de pie mirándolo fijamente es la cosita más bonita que jamás haya visto. Evie es un ogro comparado con esta belleza.

"Hola. Mi nombre es Ralphie. Soy una oveja merina".

"Mi nombre es Evangelina. Soy una oveja negra galesa".

"Se está haciendo tarde. ¿Te importa si te acompaño de regreso, Evangelina?".

"No, eso será muy lindo, Ralphie".

Mientras Ralphie y Evangelina comenzaban a caminar hacia la colina para pasar la noche, él pensó que éste podría ser sólo el comienzo de una maravillosa amistad.

Nada mal para la oveja negra de la familia.

EN EL MENÚ

"Última llamada ahora. Uno más y tendré que cerrar", dijo Peter mientras limpiaba la barra del bar para lo que esperaba fuera la última vez de la noche.

Sólo quedaba un cliente en el bar, por lo que Peter pensó que debería haberse acercado al hombre de la barra y decirle que era la última llamada, pero durante muchos años siempre gritó que la última llamada era sólo una fuerza de hábito que se hizo cargo.

"Oh, eso está bien. Terminaré esto último y me iré a trabajar. Pero gracias por la oferta", dijo mientras tomaba un sorbo de su bebida.

"Vamos a trabajar, ¿eh? ¿En qué línea de trabajo estás que te obliga a salir tan tarde por la noche?".

"Soy un cazador de vampiros".

Peter simplemente mira fijamente al hombre y le presta un poco más de atención, algo que debería haber hecho más temprano en la noche, pero el bar había estado lleno y Peter había estado ocupado.

Peter pensó que el hombre vestía de manera extraña, pero su atuendo parecía caro. Llevaba un traje de tweed con guantes a juego, que había dejado junto a él en la barra del bar, encima de su sombrero negro. Peter vio que también tenía una bufanda con un alfiler y también llevaba una corbata que combinaba con el color de su paraguas. ¿Por qué pensarías que deberías combinar el color de tu ropa con el de tu paraguas?

Su camisa era sencilla, pero el hombre la lucía bien en su cuerpo musculoso. Peter notó que el hombre era alto en comparación con la mayoría de sus clientes. Incluso sentarse en el taburete de la barra no le quitaba altura.

"Un cazador de vampiros, dices. ¿La profesión paga bien?".

El hombre toma otro sorbo de su bebida y, mirando los pocos restos de alcohol que quedan en su vaso, dice: "Sí, lo hace, pero puede resultar agotador. Estoy pensando en contratar un aprendiz. ¿Conoce a alguien que pueda buscar trabajo estos días?".

Trabajando en el pub White Sheep desde hace más de tres años, Peter se ha ganado la vida razonablemente. Su salario mensual y las propinas ocasionales le han ayudado a mantener un buen estilo de vida, pero mirando de nuevo el exquisito atuendo del hombre, la caza de vampiros es una profesión más lucrativa que la de camarero en un bar, por lo que Peter le hace algunas preguntas más.

"Dígame, señor, ¿qué tan rentable puede ser la oferta para su nuevo aprendiz? El mercado laboral está bastante ajustado ahora que la economía está en auge. ¿Qué puede ofrecerle a un aspirante a aprendiz de cazador de vampiros?".

"Primero, mi nombre es Percival B. Bien, a su servicio. Bueno, el puesto tiene muchos beneficios y..."

Peter interrumpe: "Espera. Tu acento no es de aquí. Suenas canadiense, ¿verdad?".

"No. Nací y crecí en Estados Unidos".

"Vale, ¿qué te trae a Nueva Gales del Sur? De todos modos, no hay vampiros en Northport, que yo sepa".

"Tiene razón, señor..."

"Peter. Sólo llámame, Peter".

"Encantado de conocerte, Peter, y por favor, llámame Percival. Estoy en Northport porque he estado siguiendo a dos vampiros particularmente desagradables de Chicago: Aural y Lupe Smith, y todos mis datos me dicen que están aquí, en Northport".

"¿Chicago? ¿Son vampiros de Chicago llamados Smith aquí en Northport? Ja, ¿quién lo sabría?".

"Técnicamente Peter, su apellido es Akeldama, pero algo los encapricha bastante con el apellido Smith, que no he descubierto por qué, pero eso no es importante".

"Está bien, Percival, ¿por qué estos dos eligieron Chicago, para empezar? ¿Qué hay en Chicago, de todos modos?".

"Peter, quizás te interese saber que Chicago ocupa el primer lugar en el ranking de ciudades con las mejores condiciones para estos inmortales. Chicago les ofrece el equilibrio exacto entre la nubosidad, muchas casas con sótanos y un rico suministro de sangre gracias a su gran población y su escandalosa cantidad de centros de sangre y campañas de donación sanguínea. Agrega a esto los maravillosos restaurantes, clubes nocturnos y bares que a los vampiros les encanta frecuentar", mientras Percival toma su último sorbo.

"Interesante Percival. ¿Por qué vinieron estos dos vampiros a Northport? ¿Tienes algunas ideas?".

"La verdad es que no tengo idea, Peter. Eran bastante activos en Chicago y, de repente, simplemente se fueron. Nunca pude entender por qué, pero los seguí hasta aquí, hasta Northport".

Peter simplemente se queda allí asimilando la información y decide que es necesario hacer una pregunta más. "Dime, Percival, ¿cuál es el salario inicial de un aprendiz de cazador de vampiros?".

El hombre toma una servilleta, saca un bolígrafo de su abrigo, escribe en la servilleta y se la pasa a Peter.

Peter toma la servilleta y casi se ahoga con el número, mira al hombre, vuelve a mirar el papel que tiene en la mano y simplemente dice: "¿En serio?".

"Sí. Ese es el salario inicial de un aprendiz de cazador de vampiros. Al menos aquí en Northport. Eso sí, pago en dólares americanos, así que estoy seguro de que con el tipo de cambio esa cantidad sería un poco más. ¿Conoces a alguien que pueda estar interesado? ¿Es por eso por lo que lo preguntas?".

Peter tiene que tomar una decisión rápida. El dinero que Percival escribió en las servilletas era simplemente increíble. Era casi cinco veces lo que ganaba al año, y luego iba a explicar los beneficios, pero interrumpió a Percival antes de que pudiera detallarlos. Necesitaba saber más.

"Percival, mis disculpas. Te interrumpí justo cuando ibas a detallar algunos beneficios del aprendizaje".

"Oh, sí, me detuve a mitad de camino. Permíteme darte un breve punto destacado. Realmente debería escribirlos en una hoja de papel, pero los hay: seguro médico, un 401-k, tienen algo así aquí en Australia llamado super, una asignación telefónica, una computadora portátil, un automóvil y una cuenta de gastos. El aprendiz también tiene un viático diario de $125 para comidas. Eso es todo".

Peter ya había oído suficiente. Esta era una oportunidad que cualquiera aprovecharía, por lo que debía ser rápido.

"Percival, ¿podría postularme para ser tu aprendiz? No estoy seguro de cuáles son las calificaciones requeridas para un solicitante, pero creo que puedo ser un buen aprendiz si me dan la oportunidad".

Percival se levanta y mira a Peter que está detrás del mostrador. El joven Peter parece estar en buena forma y no tiene mal aspecto, lo que ayudará con las vampiras. Requiere mucho trabajo en el departamento de vestuario, pero parece curioso. Es educado e hizo algunas buenas preguntas, o eso pensó Percival.

Percival provenía de una familia de cazadores de vampiros. Su bisabuelo lo fue, luego su abuelo, luego su padre y ahora él lo es. Pero Percival era un hombre soltero y en los últimos cien años no pudo encontrar su verdadero amor, de ahí que busque un aprendiz para continuar con el legado de su familia. Este joven, Peter, podría ser justo lo que necesita. Oh diablos, ¿qué podría salir mal?

"Está bien Peter. Te aceptaré como mi aprendiz. ¿Puedes empezar ahora mismo? ¿Esta noche, para ser exactos? Porque estoy tras las huellas de Aural y Lupe y no quiero perderlos".

"Sí, claro. Todo lo que necesito hacer es acercarme y listo".

"Excelente. Vámonos entonces".

Peter toma el vaso de Percival y lo coloca detrás del mostrador. Luego camina alrededor de la barra, se dirige hacia la puerta principal, la cierra y le hace un gesto a Percival para que lo siga a la trastienda. "Saldremos por la puerta trasera. Es una puerta con cierre automático y no requiere llave".

Peter le hace un gesto a Percival para que vaya primero, y cuando Percival pasa junto a Peter, Percival siente un tremendo golpe en la cabeza y cae al suelo de la trastienda.

Percival mira fijamente a Peter. "Peter, ¿qué diablos?".

"Percival, realmente tienes una oferta de trabajo atractiva, pero he decidido no aceptarla. Recibí una mejor esta tarde, antes de que entraras al bar".

De repente, emergen dos siluetas y Percival jadea desde las sombras: "Aural y Lupe".

Mientras los tres vampiros se deleitan con el cuerpo de Percival, Lupe pregunta: "Bueno, primo, supongo que podríamos quedarnos en Australia por un tiempo".

"Deberías quedarte", responde Peter, "el clima es maravilloso, la población está creciendo y ellos son bastante ingenuos entre los de nuestra especie y son los más acogedores entre los nuevos inmigrantes. Simplemente no se lo digas al resto de la familia".

"Tienes razón, Peter", mientras Aural se limpia. "No hay necesidad de compartir esta abundancia de sangre nueva y exótica. Una mezcla heterogénea de delicias. Bastante sabroso, por cierto".

Peter sonríe a sus primos americanos y dice: "¡Es una tierra donde las mujeres rugen y los hombres truenan!". Ayúdame a limpiar antes de que salga el sol. Mañana por la noche tengo que encargarme de una gran despedida de soltera y quién sabe quién estará en el menú".

CERVEZA GRATIS

"¿Qué tal otra ronda, Bill?".

"Claro, ¿por qué no Angus? Y ésta recae sobre ti".

"No hay discusión, amigo", mientras Angus saluda a Millicent detrás de la barra para pedirle dos vasos más.

"Escucha, éste es el último, Angus; La señora me va a matar. Ya es más de medianoche y por la mañana me puse a trabajar".

"Está bien, Bill, este es el último de esta noche".

Bill sonríe, sabiendo que la última cerveza es siempre la mejor.

"Genial, pero no me iré de aquí hasta que me cuentes la historia que le contaste a Tony la semana pasada. Me dijo que era una historia real de cómo conociste a tu esposa, pero yo no lo creí. Entonces, Bill, soy todo oídos. Cuéntame la historia y déjame decidir".

Millicent escucha la conversación y les dice a los chicos: "Espera, ustedes son los dos últimos, así que voy a cerrar y también quiero escuchar esta historia de amor. Vayan a esa mesa y me uniré a ustedes tan pronto como pueda y les traeré la última ronda".

"Gran amiga. Lo haré", dice Bill mientras se dirige a la mesa. "Voy al baño, vuelvo en un segundo", dice Angus.

Bill se sienta a la mesa a esperarlos y comienza a recordar.

Sí, buscaba el amor, pero no encontraba a la persona adecuada, esa mujer que fuera una magnífica compañera, una buena oyente y una excelente amiga. Sus amigos le sugirieron hacer un viaje, viajar al extranjero, conocer gente nueva que nunca se conoce. Así que, sin pensarlo mucho, se inscribió en un grupo de viaje a Vietnam.

Esa fue la primera vez que vio a Munchie.

Estaba a orillas del río Mekong en la provincia de Can Tho, Vietnam, preparándose para un viaje turístico de rutina y la vio. Munchie, le puso ese nombre el mismo día. Ella estaba masticando algo y lo miró mientras él esperaba que el barco estuviera listo. Ella se detuvo, se acercó a él y simplemente saltó sobre su regazo donde él estaba sentado. Bill no era realmente un amante de los animales, pero este gato era diferente. Ella tenía algo, así que la agarró y la colocó en el bote mientras se alejaban.

Munchie no tuvo problemas para estar en el barco turístico mientras viajaba tranquilamente a lo largo del río con el guía señalando los lugares de interés. Munchie incluso miró a la gente en el barco, especialmente a las damas, pero Bill nunca le dio mucha importancia.

Esta rutina dura un par de minutos más, cuando Munchie sale corriendo y Bill la persigue sólo para toparse con una mujer atractiva que también está en el barco turístico de otro grupo de turistas. Bill tropezó con ella y casi la derriba.

Intercambiando disculpas, Bill se sienta a su lado para asegurarse de que esté bien, y Munchie regresa y se sienta a su lado, lo que sorprende a la mujer, pero cuando Bill levanta a Munchie, la señora se relaja y comienza una agradable conversación entre Bill y la mujer atractiva.

Parecían llevarse muy bien cuando Munchie arquea su espalda y brama como un gato del infierno y de la nada, el bote golpea un banco de arena y se vuelca arrojando a todos los pasajeros al río. Durante toda esta emoción y confusión, Bill de alguna manera agarra a Munchie, y él nada hasta la orilla y también lo hacen todos los pasajeros, pero nunca vuelve a ver a la dama. Debió haber ido al otro lado de la orilla del río.

Todos en el barco felicitaron a Bill por salvar a Munchie, pero él se preguntó dónde estaba la atractiva mujer, pero nunca volvió a verla.

Semanas después, experimentó la segunda vez que conoció a una mujer con Munchie en el dedo del pie. En la última semana de sus vacaciones en Vietnam, el calor era insoportable, y mientras Bill llevaba a Munchie en su mochila, quería algo para refrescarse.

Había oído hablar de una bebida local llamada cà phê cốt dừa, que era un brebaje que podía hacer varias cosas por ti. Le dijeron que la bebida de café podía ser estimulante, saciante y refrescante, todo al mismo tiempo, y Bill estaba listo para ello. También le dijeron que la mezcla de café era café filtrado tradicional con coco, leche fresca y condensada. Luego se vierte la mezcla en un vaso y se sirve. Fue como un toque tropical divertido, algo así como un cóctel de café, y cuando Bill encontró un cartel anunciándolo, se detuvo para tomar uno.

Mientras Bill esperaba que prepararan el café, sacó a Munchie de su mochila, le frotó el cuello como a ella siempre le gustaba y miró alrededor del café.

Ocupado fue una palabra que me vino a la mente, junto con lleno. Así estaba el local de café esta mañana calurosa. El café está lleno de lugareños y turistas. Cuando llegó el café con un aspecto maravilloso, pidió un tazón pequeño y le sirvió un poco a Munchie. Colocando a Munchie en el suelo junto a él, observó cómo disfrutaba ella de su parte. Bill no estaba seguro de si el café era bueno para un gato, pero estaba extremadamente caliente y Munchie simplemente lo lamió.

Pasan unos minutos y Bill saborea su café cuando Munchie salta sobre la mesa y comienza a gritar. Ella arquea la espalda y silba ruidosamente. Su acción alarma a Bill, pero todo lo que ve es a una señora vietnamita parada frente a él y diciéndole si podía sentarse a su lado en la silla vacía.

Bill vuelve a colocar a Munchie en el suelo, se levanta y sostiene la silla para que la señora se siente. Tiene una sonrisa maravillosa y, en un inglés entrecortado, comienza a hablar con Bill y le hace preguntas sobre su estancia en Vietnam.

Antes de que te des cuenta, pasa una hora, luego dos, y piden el almuerzo y luego el café.

Mientras Bill está fascinado con Bian, descubrió que su nombre tenía un tono maravilloso, y cuando llega el café, Bill extiende la mano para tomar la mano de Bian, pero Munchie golpea las manos del camarero y el cà phê cốt dừa recién hecho se derrama sobre Bian, quien salta de su silla.

Bill rápidamente saca su pañuelo, pero no es suficiente para limpiar el desorden que Munchie había creado, y le dice que espere, que conseguirá algo del maître d' hôtel para limpiarla y la deja allí parada.

El maître d' hôtel tarda sólo uno o dos minutos en darse cuenta de lo sucedido y sale a ayudar, pero Bian no está por ningún lado. Ella se fue y lo único que Bill tenía era a Munchie sentada en la silla de Bian, esperando pacientemente a que regresara.

Agarrando al gato, Bill paga la comida y busca a Bian calle abajo, pero no tiene suerte; ella ya no puede ser vista. "Hombre, ¿qué suerte? Primero la señora del barco y ahora Bian". Bill mete a Munchie en su mochila y se encoge de hombros mientras se pone la bolsa en la espalda y comienza a caminar de regreso a su hotel.

Traer a Munchie de regreso a Australia fue una gran molestia que involucró mucho papeleo y vacunas contra la enteritis felina, la rinotraqueítis y el calicivirus. Estas vacunas deben ser válidas durante el período de cuarentena, que dura entre diez y veinte días, pero valió la pena porque Bill siempre pensó que Munchie era especial y se convirtió en una compañera espléndida.

La vida era buena tanto para Bill como para Munchie. Él salía todas las mañanas a trabajar, dejándola en casa con mucha comida y agua y cada noche, a diferencia de la mayoría de los gatos, ella lo esperaba junto a la ventana delantera para ver su auto detenerse en el camino de entrada. Cada vez que Bill la veía desde su auto, se decía a sí mismo que Munchie era un gato especial.

Una de las primeras cosas que Bill hizo después de sacar a Munchie de la cuarentena, fue ordenarle un collar especial con su nombre y su dirección impresos, así como su teléfono móvil en caso de que Munchie se perdiera, lo que siempre pensó que era una posibilidad, incluso, aunque rara vez salía de casa.

Ser un hombre cauteloso resultó ser una bendición, porque quiso la suerte que Munchie saltara la valla trasera una noche y desapareciera durante dos días y dos noches.

Bill caminó por el vecindario, dejó carteles en árboles y postes de luz ofreciendo una recompensa, pero nadie lo llamó. "¿Quizás la atropelló un coche?". Pensó Bill. ¿Quizás el control de animales la recogió? Si es así, debería recibir una llamada pronto, o eso esperaba.

En otra ocasión, despúes de desaparecer por dos semanas, Bill sintió que algo le había sucedido a Munchie y era mejor que aceptara que ella no regresaría a casa, cuando sonó el timbre de su puerta.

Bill abre la puerta y ve a una hermosa mujer de unos veintitantos años que sostiene a Munchie en sus brazos.

"Hola", dice, "creo que esta preciosidad te pertenece".

"Sí, efectivamente, y muchas gracias por encontrarla. Estuve buscando durante dos semanas sin éxito. Una vez más, muchas gracias".

"Fue un placer. La habría traído antes, pero de alguna manera se quitó el collar y no lo encontré en el patio trasero hasta esta mañana, cuando vi toda su información. Como estabas cerca, simplemente conduje y te la devuelvo".

"Entonces, amable de su parte, pase por favor. ¿Puedo ofrecerle un café?".

"Eso sería maravilloso, y mi nombre es Sally", mientras le entrega a Munchie.

"Encantado de conocerte, Sally. Mi nombre es Bill.... Bueno, ya lo sabes".

"Sí, lo sé", mientras ella se ríe de él.

Mientras Bill coloca a Munchie en el suelo, Munchie corre hacia el salón, se sienta en el centro y observa a Bill y a Sally.

Es amigable y muy conversadora, y acepta a Bill rápidamente. Mientras lleva los dos cafés al salón, indicándole a Sally que se siente a su lado, Munchie rápidamente arquea la espalda, brama fuerte y salta directamente hacia Sally, quien tropieza con Bill, derramando el café encima.

"¡Vaya, éste es un gato muy cabrón, Bill! Ella es mala. ¡Simplemente arruinó mi vestido! ¡Mírame!".

"Lo siento mucho, Sally. No estoy seguro de por qué hizo eso. Déjame pagar la limpieza".

"Me voy de aquí. Maldita gata", y se dirige a la puerta principal, la abre y la cierra de golpe sin volver a mirar a Bill.

Bill corre tras Sally, pero ella se ha ido.

Ahora está enojado con Munchie y cuando se gira para darle una gran reprimenda, Munchie no está allí, sino una mujer alta, de cabello oscuro, de unos treinta años, con un vestido largo negro.

"Hola Bill, mi nombre es Minerva y te he elegido para que seas mi pareja".

"¿Qué demonios? ¿Cómo llegaste aquí? ¿Dónde está mi gato?".

"Bill, soy ella y también soy Minerva, la Reina de los Gatos y he estado buscando a mi alma gemela durante los últimos tres mil años y te encontré en Vietnam. Aquí estoy ahora, sólo para ti".

"Espera un minuto; ¿eres Munchie? ¿Cómo es eso posible?".

"Todo es posible cuando buscas el amor, Bill, como yo lo he buscado y como sé que tú lo tienes".

"Esto no está bien. Esto es una locura. ¿Me estás diciendo que puedes pasar de ser un gato a ser una mujer?".

"Sí, Bill, puedo volver a ser un gato. ¿Quieres verlo?".

"Sí, quiero verlo".

Minerva agita sus manos sobre su cabeza y al instante se convierte en Munchie, corre de regreso al salón y con un ligero ronroneo, se transforma nuevamente en Minerva.

Bill está atónito.

"Bueno, Bill, ¿qué tal si vienes y te sientas a mi lado y hablamos de nosotros un rato?".

Bill va y se sienta junto a Minerva y pasa las siguientes seis horas conversando con ella y compartiendo sus historias de vida.

Tres meses después, se casaron y son felices como un melocotón.

"OK Bill, cerré", dice Millicent, "y aquí están las cervezas. Vamos, Angus. Dejemos que Bill comparta con nosotros su historia de amor".

Tomando un sorbo de su cerveza, Bill comienza su historia para ellos.

"Bueno, que me jodan. Ésa es una gran historia, Bill, Tony dijo que era buena y muy entretenida. Es cierto que no lo creo, pero sin duda merece la pena gastar unos cuantos dólares en una cervecita".

"De acuerdo", dijo Millicent. "Éstas van por cuenta de la casa, Angus, así que no te preocupes. También disfruté esta farsa. Ahora Bill, Angus, salgan. Ha sido una noche larga".

Cuando Bill regresa a casa, se pregunta qué suerte tiene.

Está casado con Minerva, una mujer maravillosa, y, además, ¿quién habría adivinado toda la cerveza gratis que recibiría simplemente por contar su verdadera historia de amor?

INVERSIONES

Pensé que esta noche iba a ser enorme para mi carrera, así que bien podría sumergirme en ella y comenzar la entrevista. "Bueno, señor Smith, esta noche es la noche. ¿Cómo califica sus posibilidades?".

Sentado en su gran silla, Joe Smith, candidato a la presidencia de los Estados Unidos en el año 2034, reflexiona sobre esta cuestión mientras hace girar un vaso lleno de cubitos de hielo y un chorrito con dos dedos de wiski Zeppelin Bend, mientras disfruta del sencillo y rico wiski sumido en sus pensamientos y antes de dejarlo en la mesa, responde a mi pregunta.

"Señor Leman, primero permítame hacerle una pregunta antes de responder la suya. ¿Cuánto tiempo lleva siendo reportero del Financial World News?".

"Señor Smith, más de diez años. ¿Por qué lo pregunta?".

"Bueno, señor Leman, crecí en Michigan y, al igual que mi abuelo, mi padre y mis tíos, siempre he sido un sindicalista que trabajó en la acería local hasta finales de 1982, cuando me despidieron, junto con más de ciento cincuenta mil trabajadores del acero. Recién había comenzado en el molino y a los diecinueve años tenía una esposa joven y un bebé en camino. No tenía nada a lo que caer".

Observo cómo el señor Smith toma un sorbo de su wiski y deseé tener uno también, pero sé que es mejor abstenerme. Me atrevo a no interrumpir y espero a que continúe la conversación.

"Aquí estoy, desempleado, con una hipoteca, una esposa y un bebé en camino, entonces, ¿qué cree que decido hacer, señor Leman?".

"Por favor, compártalo, porque no he leído ni escuchado esto en ninguna de sus entrevistas anteriores, señor Smith".

"Fui a disparar con trampa en el club local".

"Tiro con trampa, dice usted, señor Smith. Si estoy en lo cierto, es cuando intenta alcanzar objetivos de arcilla que se alejan del tirador en diferentes ángulos. ¿Correcto?".

"Eso es correcto, señor, y ahí es donde me enamoré de la sensación de una escopeta calibre 12 y del olor y el fuerte ruido cuando el arma destella y la bala persigue a su objetivo. Fue bastante estimulante para mí. Por supuesto, esto llevó a la caza del faisán, lo que trajo una nueva sensación de aventura, ya que la caza se volvió bastante emocionante ahora que había una presa involucrada y necesitaba no sólo mis habilidades con la escopeta, sino también mi ingenio para atacar al ave".

"Y esto lo llevó a la política. ¿Cómo?".

"Bueno, señor Leman, no sabía que mientras perfeccionaba mis habilidades en el club de tiro con trampa local, el destino traería a mi vida al señor Wayne Leach. Empezamos a hablar, luego fuimos a cazar faisanes y, a lo largo de las semanas que pasamos conociéndonos, pudimos ver que había una afinidad entre nosotros que cruzaba muchos aspectos de nuestras vidas".

El señor Smith le indica a su asistente que le pida otra bebida y continúa su historia mientras la espera.

"Wayne venía de una familia adinerada y yo era muy pobre, pero amábamos las mismas cosas. Armas, bebida y diversión y en algún lugar de la mezcla de todas nuestras conversaciones, surgió la política".

"Según mis investigaciones, el señor Leach era un republicano decidido y usted nunca ha profesado ninguna tendencia hacia ninguno de los partidos principales. Debió ser una conversación bastante interesante que ambos debieron haber tenido sobre la caza de faisanes".

El señor Smith asiente, toma su bebida y le hace un gesto a su asistente para que le traiga otra, aunque acaba de empezar la que tiene en la mano.

"Nuestras diferencias fueron nuestras fortalezas y cuando surgió una oportunidad para el consejo del condado, el Sr. Leach me apoyó no sólo financieramente, sino también emocionalmente y, antes de que se diera cuenta, estaba representando al distrito electoral del sur de mi condado".

"Esto fue sólo el comienzo, ¿verdad?".

"De nuevo tiene usted razón, señor Leman. Con el Sr. Leach como mentor, no sólo tuve éxito como miembro del consejo, sino que, en tan sólo un año, puse mi nombre en la candidatura para el cargo de gobernador de este excelente estado".

"Y ganó. Todo pareció ir muy bien, ¿verdad, señor Smith?".

"Sí, todo iba genial. Gané con un gran voto popular. Hice grandes avances en un sistema escolar anticuado y todo fue simplemente perfecto hasta…"

Sabía que esta era la parte difícil de la entrevista, así que dije con cautela: "Sé que esta parte tiene que ser difícil, pero ¿puede compartir conmigo lo que pensó cuando escuchó por primera vez lo que le pasó a Emily?".

Antes de que pudiera responder la pregunta, su asistente llegó con la segunda bebida y la colocó sobre la mesa frente a él. No pude evitar notar que el Sr. Smith se tomó un momento para limpiar una pequeña lágrima que creía que no había visto.

"En el momento en que recibí la llamada diciendo que un loco había ido a la escuela de Emily y había disparado a tres profesores, a Emily y a seis de sus compañeros de clase, el mundo pareció haberse derrumbado sobre mí. Corrí al lugar, pero realmente no había nada que pudiera haber hecho. Todos estaban muertos porque un loco le guardaba rencor al sistema escolar, el mismo sistema escolar que yo ayudé a mejorar. En lugar de actuar racionalmente y tratar de llevar sus quejas ante la junta escolar, compra un arma automática y acaba con las vidas de diez seres humanos inocentes. Todo por un agravio que resultó ser una solicitud para prohibir un libro, y no tuvo éxito, por lo que pensó que remediaría su agravio cometiendo un asesinato".

El señor Smith consume toda su bebida, toma la segunda copa de la mesa, se bebe la mitad y golpea ruidosamente el vaso sobre la mesa. Miro a mi alrededor y nadie parece darse cuenta, o si lo hicieron, lo ignoraron. Espero a que el señor Smith continúe.

"Sabe, señor Leman, ese momento me galvanizó. Me hizo darme cuenta de que no podía arreglar un estado. Necesitaba arreglar todo el país, así que me embarqué en la misión de postularme para presidente de los Estados Unidos y aquí estamos en 2034, a la joven edad de setenta y un años. Si gano, cumpliré mi misión".

"Señor Smith, su campaña se centró en la segunda enmienda de la Constitución de los Estados Unidos y en cómo haría que fuera adecuada para todos. ¿Cómo planea hacer esto? ¿Es esto algo que pueda compartir conmigo hoy, justo antes de que las principales cadenas de televisión muestren los resultados de esta noche en las pantallas de televisión?", pregunté, con la esperanza de obtener la primicia de mi vida.

"Sr. Leman, la segunda enmienda de la constitución de los EE. UU. dice: 'Una milicia bien regulada, siendo necesaria para la seguridad de un Estado libre, el derecho del pueblo a poseer y portar armas no será infringido'. ¿Cómo interpreta esto hoy, doscientos cuarenta y tres años después de que lo adoptaron en 1791?".

Este repentino giro de los acontecimientos me tomó un poco por sorpresa. En lugar de que yo haga las preguntas, de repente me piden que responda una. Me tomé un momento para reflexionar y luego respondí la pregunta formulada por, potencialmente, el 49º presidente de los Estados Unidos.

"Señor Smith, tengo que responder a su pregunta desde un punto de vista personal. Sé perfectamente que, en el caso histórico de 2008 de la Corte Suprema de los Estados Unidos Distrito de Columbia contra Heller, la Corte concluyó que la Segunda Enmienda incluye el derecho de las personas a portar armas en defensa propia y estoy de acuerdo con esta controvertida decisión".

"Entonces, señor Leman, ¿forma usted, por tanto, parte de una "milicia bien regulada" en su estado?".

"Señor Smith, en 2010, 23 estados y territorios mantenían sus propias Fuerzas de Defensa del Estado (FDE). Estas fuerzas, a diferencia de las organizaciones federales, como la Guardia Nacional, están bajo la autoridad exclusiva de los gobiernos estatales o territoriales y no pueden ser comandadas por el gobierno federal, pero no pertenezco a ninguna milicia para responder a su pregunta".

"Ya veo", afirma el señor Smith con una sonrisa en el rostro mientras bebe un sorbo de wiski. "Entonces, la Ley de Protección del Uso de Armas de Fuego Recreativas y de Seguridad Pública de 1994, que prohibía el uso privado de armas de asalto, como ciertos rifles semiautomáticos, que, como usted sabe, expiró en 2004 y el Congreso se negó a reinstalar la prohibición que permitía a locos como ese que mató a mi Emily comprar estas ametralladoras, lo cual a usted le parece bien. Dígame si esto es lo que está diciendo".

Sintiendo que podría estallar una confrontación terrible, decido limitar la conversación dándole la vuelta.

"Señor Smith, toda su campaña para la elección como próximo presidente de los Estados Unidos consistió en apoyar la segunda enmienda, el derecho a portar armas. ¿Por qué siento ahora un cambio en su actitud?".

"No, señor Leman, mi posición sobre la segunda enmienda no ha cambiado. Si soy elegido, propongo garantizar que todos sigan esta enmienda, tal como lo hicieron en 1791".

"Qué alivio, señor Smith; Pensé que iba a revocar la enmienda y quitar el derecho a portar armas". Dije con alivio en mi voz.

Levantándose de nuevo, el señor Smith me sonríe y dice: "No, señor Leman, apoyaré al cien por cien el significado literal de la segunda enmienda tal como fue escrita en 1791 y me aseguraré de que se retiren todas las armas de cada hogar en América y sean reemplazadas por mosquetes de pedernal simple como los que tenían en 1791".

Me puse de pie. Mi mente se estaba volviendo loca ante esta declaración.

"Señor Smith, ¿qué pasará si los rusos nos invaden? Encontrarán a un Estados Unidos desarmado. ¿Cómo nos defendemos?".

"Señor Leman, no hay nada de qué preocuparse con los rusos. Si los ucranianos pudieron derrotarlos en 2024, no tendremos ningún problema con ellos en 2034. Que tengan buenas noches. Necesito prepararme para mi discurso de victoria".

Mientras el señor Smith me deja en la habitación, me pregunto si debería empezar a revisar mi cartera de inversiones y empezar a buscar una empresa fabricante de mosquetes en la que invertir.

OPCIONES DE CARRERA

"¿Cómo se siente haber ganado la Serie Mundial de 2092?", le pregunto a José Fernando Ramírez, mientras disfruta de su gloria después de no sólo ganar la Serie Mundial en cuatro juegos, sino también de lanzar un juego perfecto, sin carreras, sin hits, veintiún ponches y bateó un jonrón para ganar el último juego.

"Bueno, señor Leman, ¿qué puedo decir? Ir a Disneylandia no es apropiado ya que el lugar está bajo el agua estos días debido al calentamiento global, pero estoy emocionado de haber llevado a los Kangaroo Giants a su primer campeonato mundial".

"Dime José, ¿cómo se siente tu familia con esto?".

José se toma unos momentos antes de responder.

"Señor Leman, mi familia está tan emocionada como yo. Mi hermano mayor, Miguel, iba a ser lanzador, pero a pesar de lo inteligente que era desde niño hasta el día de hoy, no sabemos por qué metió la mano en la trituradora de papel esa mañana del 15 de abril de 2083, y destruyó sus posibilidades de lanzar en la liga mundial".

"Sí, fue un terrible accidente para Miguel. ¿Fue entonces cuando empezaste a practicar este deporte?".

"Sí, señor Leman, lo fue. Cuando era niño, no era bueno en muchas actividades. Siempre fui un niño feliz que disfrutaba de las amistades y todos los demás niños me querían mucho, pero carecía de los talentos de mis hermanos. Por supuesto, mis padres estaban preocupados. Me llevaron a varios médicos, psicólogos y otros expertos en desarrollo infantil".

"¿Te dieron una respuesta, José?".

"Nada. Nada. Nulo. Cero. Los especialistas estaban perplejos, entonces mis padres se dieron por vencidos porque las facturas médicas que los respaldaban eran enormes, no como hoy gracias a los Planes Médicos Universales".

"¿Cómo te ayudó tu hermana mayor, María, en tu carrera, José?".

"Ah María, la mejor hermana que cualquier hombre querría. Ella canta. Ella Baila. Aprendió baile aeróbico por su cuenta y ahora es prima ballerina absoluta de la Mars International Ballet Company en Mars City. ¿La has visto en Hypanis Valles Swan River? Es simplemente hermosa mientras interpreta esta versión moderna del viejo clásico 'El lago de los cisnes'".

"No, no he viajado por el mundo este año. Lo haré el año que viene y veré su programa. Déjame preguntarte algo un poco más personal si me permites, José".

"Por supuesto, señor Leman, mi vida es una tableta abierta".

"¿Qué puedes compartir, José, sobre la primera vez que notaste que eras especial?".

"Oh, realmente no hay nada especial que contar, de verdad. Un día, mientras jugaba con Miguel y sus amigos en el parque, vi dos pequeños insectos con manchas diferentes. Corrí hacia mi mamá para mostrárselo, pero ella no pudo ver ninguna mancha y simplemente me dijo que siguiera jugando con Miguel, lo cual hice. Yo jugaba de jardinero derecho y Miguel era el lanzador, así que no pude mostrarle los bichos hasta que terminara la entrada. Miguel trató de ver las manchas en los dos insectos, pero dijo que no podía ver nada y que dejara las cositas, porque ya era hora de prepararme para mi primera vez al bate".

"Entonces, aquí fue cuando recibiste tu primera lección de bateo, ¿correcto, José?".

"De hecho, fue mi primera lección, señor Leman. Miguel me dijo que normalmente el lanzador bateaba último, pero a nadie le importaba que yo fuera el último porque me daba más tiempo para ver qué hacían. Miguel hizo lo mejor que pudo para explicarme y señalarme cosas, pero realmente no entendí sus frustrantes explicaciones".

"¿Por qué te resultaron frustrantes, José?".

"No vi cuál era el gran problema. ¿Qué era tan difícil como para pegarle a esa bola tan enorme?", le dije a Miguel.

"Espera, ¿dijiste que viste una pelota grande?".

"Sí, lo hice, señor Leman. Déjeme terminar la historia".

"Por favor continúa José, disculpa la interrupción".

"Caminé hasta el plato de home, bueno, me pavoneé, porque eso era lo que hacían todos los chicos mayores, y esperaban a que el lanzador me tirara la pelota. El primer lanzamiento fue afuera y no me molesté en hacer el swing. El segundo lanzamiento fue bajo y también me lo salté. El tercer lanzamiento fue una bola rápida por el medio a la que no pude resistir, hice un swing casual y la golpeé por encima de la cabeza del campocorto para darle un golpe sólido y obtuve un triple".

"¿Ese fue tu primer golpe?".

"Sí, lo fue. Se sintió genial. Miguel bateó a continuación y me llevó al plato y los espectadores se volvieron locos porque ganamos nuestro juego con ese hit".

"¿Crees que fue un golpe de suerte, José?".

"No, señor Leman, no lo fue. De camino a casa, Miguel y yo nos sentamos en el asiento trasero del Tesla Y 2069 de nuestro padre y él me preguntó cómo había hecho eso. Respondí que era imposible pasar por alto algo tan grande como una pelota de playa y la forma en que giraba. ¡Pensé que todo lo que tenía que hacer era balancear mi bate casualmente y funcionaría!".

"Increíble historia José. Sé que debes haberlo contado antes, pero gracias de nuevo por compartirlo con mis lectores y conmigo".

"En cualquier momento, señor Leman. Siempre estoy listo para compartir con mis fanáticos y todos los seguidores de los Kangaroo Giants".

Mientras José observa salir al señor Leman; se pregunta si debería haber compartido más sobre sí mismo, como la deformidad de su ojo. José tenía visión telescópica. ¿Qué cosa parecía demasiado para ser una pelota de béisbol que se acercaba rápidamente hacia ti? A José le pareció una enorme pelota de playa que giraba lentamente hacia él.

"Oh, bueno", pensó José, "si alguna vez me aburro en esta carrera, podría convertirme en detective privado. Tengo ojo para los detalles".

EL AMOR SIMPLEMENTE NO ESTABA LISTO PARA ELLA

"¿Qué tal si me llevas a cenar y al cine el día de San Valentín?".

"Oh, Danielle, es una idea espléndidamente maravillosa para que pasemos la noche juntos".

"Ana, así es como se concertó la fecha del Día de San Valentín. Tuve que iniciarlo. ¿Qué opinas, Ana? ¿Alex no está seguro de nosotros?".

"Está bien, Danielle, repíteme cómo se juntaron Alex y tú".

"Alex y yo hemos estado saliendo durante seis meses completos y, aunque pasamos buenos momentos juntos, a veces siento que él no está listo para tener una relación".

"Ahora Ana. Es dulce y divertido estar con Alex, pero me ha dado algunas señales de que tal vez no esté listo para tener el mismo tipo de relación que yo quiero".

"¿Lo firmas Danielle? ¿Qué señales?".

"Oh, ya sabes Ana. Las mujeres las conocen y pueden detectarlas. Hice una revisión mental para ver cuál es el impedimento más probable para solidificar nuestra relación".

"Está bien, Danielle, detállamelos".

"Primero, es posible que Alex haya resultado herido en una relación anterior. Quizás Alex fue abandonado o rechazado por alguien a quien amaba profundamente. El dolor todavía es demasiado intenso".

"Cierto Danielle. ¿Alguna vez te ha hablado de alguien?".

"No, él no ha hablado de nadie. Permíteme continuar con mi proceso de pensamiento. Estoy revisando todas las señales que está emitiendo pero que quizás no conozca. Como dije, en segundo lugar, es posible que se esté concentrando en su trabajo y las presiones le consumen gran parte de sus energías diarias".

"En tercer lugar, creo que sus amigos le quitan mucho tiempo. En el pub, jugar rugby semiprofesional los fines de semana nos deja poco tiempo para nosotros".

"Oh Danielle, no lo sabía. ¿Qué otra cosa?".

"Si bien nunca hablamos de eso, nunca nos dijimos que no veríamos a otras personas. No he salido con nadie más que con Alex en todos estos meses. ¿Y si la tiene? No somos exclusivos. Él puede hacer lo que quiera, ¿verdad? ¿Es esa una razón?, me pregunto".

"Por casualidad, ¿lo has presionado, Danielle? Ya sabes que los hombres se resisten cuando los presionan".

"No, sé que no lo he presionado, al menos conscientemente, pero ¿qué pasa si he sobrepasado mis límites y él cree que lo están presionando? Estoy confundida con él y sus sentimientos hacia mí, Ana".

"¿Crees que está saliendo con alguien más? Me preocupo por ti, Danielle. No quiero que sientas que estás en una serie dramática de Netflix".

"Dios mío, no Ana. No creo que esté saliendo con nadie más".

"Bueno, Danielle, entonces tiene que ser que simplemente no has 'encendido el interruptor correcto' para que él te demuestre que está listo para comprometerse contigo".

"¿Qué cambio, Ana? ¿De qué estás hablando?".

"Escucha cariño, según mi experiencia, los hombres tienen ciertos interruptores innatos como el sexo, la comida, la bebida, etc., que los impulsan. ¿Quizás todavía no has pulsado el interruptor correcto de Alex?".

"Oh Ana, ¿quizás no soy yo?".

"Danielle, esta noche te hará saber si eres 'la indicada'".

"¿Cómo, Ana?".

"¿Te recogerá?".

"Sí, esta noche a las 7 de la noche, para ver una película a las nueve", dijo.

"Bueno, Danielle, si está vestido mejor de lo normal, es puntual y tiene una reserva en un restaurante pintoresco y luego planea llevarte a ver una película romántica, digamos la nueva adaptación de "West Side Story" de Steven Spielberg, entonces sabrás que está listo para ti. Si no hace esto, nunca se comprometerá. Esa ha sido mi experiencia".

"Si estas cosas no suceden. ¿Qué hago, Ana?".

"Sigue tu corazón y llámame por la mañana. Tengo que correr. Te hablaré pronto".

Cuando Ana se fue, Danielle miró su reloj y vio que sólo tenía una hora antes de que Alex viniera a recogerla, así que se preparó.

Una ducha rápida, maquillaje y luego la pieza de resistencia, su nuevo vestido mido asimétrico de encaje azul real hace que Danielle luzca deslumbrante. Mira su reloj: 6:50 pm y está lista con tiempo de sobra. "Relájate, Alex estará aquí en unos minutos".

Suena el timbre y Danielle mira su reloj: 7:40 p.m. Vale, llega tarde, pero probablemente haya una buena razón y ella abre la puerta y ve a Alex.

Alex tiene jeans azules, una camiseta roja "Big Bang Bazinga" y los corredores más feos que jamás haya visto. Sin calcetines.

"Hola, nena. Siento llegar tarde. Quedé atrapado en el pub con los chicos. Pensé que iríamos a KFC, tomaríamos una caja y nos la comeríamos de camino para ver el relanzamiento de Aliens. Genial, ¿no?".

Danielle se quedó allí unos segundos cuando pensó que el amor simplemente no estaba listo para ella y le cerró la puerta a Alex.

LA SEGUNDA VEZ

"Está bien, grandulón. ¿Lo tienes todo en la cabeza?".

"Creo que sí, pero ¿deberíamos repasar todos los puntos finos nuevamente antes de comenzar?".

Peter simplemente inclinó la cabeza y se preguntó cuántas veces más necesitaba que se lo mostrara. "Es bastante sencillo; Realmente lo es", o eso pensó Peter.

"Está bien, grandulón, debes tener un plan. ¿Por qué querer utilizar las redes sociales? ¿Estás intentando aumentar la presencia de tu marca en línea? ¿O estás tratando de fomentar las relaciones?".

"Sí, Peter, todas esas cosas que mencionas".

"Debes tener confianza al empezar. Debes saber cómo vas a aprovechar tus tweets. ¿Entiendes?".

"Sí. Continúa".

"Recuerda grandulón: debes cambiar el avatar predeterminado de Twitter. Agrega tu cara sonriente para que la gente pueda ver tu verdadero yo. Entonces debes familiarizarte con la configuración. Asegúrate de ingresar tu biografía y tu localizador uniforme de recursos donde las personas puedan conectarse aún más contigo".

"Entiendo. Algo más. Todo esto vuelve a mí desde nuestra primera conversación. Continúa, Peter".

"¿Has pensado en la audiencia que estás tratando de atraer?".

"Vuelve, Peter. ¿La audiencia?".

"Sí, grandulón, el público, la multitud. ¿A quién quieres atraer? ¿Cuáles son sus necesidades? ¿Qué problemas tienen? ¿Cómo puedes ayudarlos a resolver problemas?".

"Por supuesto que sí, lo sé. Mi congregación. Tengo una buena idea. Sigue. Esto es muy emocionante. No puedo esperar para empezar".

Peter hace una señal muy silenciosa y continúa.

"Está bien, dijiste que sabes quién es tu audiencia. Entiendes que no se trata de ti, ¿verdad? Cuanto más rápido aprendas esto, mejor estará. No lo compliques demasiado. Tu trabajo es recordar dejar de hablar de ti mismo. ¡Escucha a tu público y punto!".

"Bien, escucha, no hables. Entiendo. ¿Qué más, Peter?".

"¿Tienes alguna idea de por dónde vas a empezar?".

"No precisamente. ¿Alguna sugerencia?".

"Hay tres puntos especialmente importantes que debes recordar. ¿Necesitas anotarlos?".

"No, tengo una memoria excelente la mayor parte del tiempo".

"DE ACUERDO. Primero, comienza en cualquier lugar. No existe tal cosa como esperar el momento perfecto para empezar. Nunca habrá un momento perfecto. En esta plataforma, simplemente debes saltar y listo. Piensa en ello como una perfección imperfecta".

"Yo no trabajo así, Peter. Sabes que trato de ser perfecto todo el tiempo".

"Lo sé, grandulón, pero esa es la realidad del negocio".

Después de unos momentos, Peter recibe un gesto para continuar.

"No tengas miedo de hacer preguntas. Algún alma humilde te ayudará hasta que te mojes los pies".

"DE ACUERDO. Lo tengo. ¿Es así?".

"No. Es fundamental que escuches tanto, si no más, de lo que tuitea. Puede que haya días en los que no sea necesario, pero siempre debes estar escuchando. Presta atención al tono de las conversaciones y al lenguaje que utiliza tu gente, qué temas comparten y sobre los que hablan y cómo se conectan entre sí".

"Guau. Hay mucho que asimilar, eso seguro".

"Lo es, pero sé que puedes manejarlo. Para ello, comparte valor con tu comunidad y seguidores. Y recuerda: cada tweet no tiene por qué ser una obra maestra. Estás empezando y aunque sé que no eres un gran conversador, debes ser preciso con tus tweets. No querrás confundir a nadie".

"Sí, tienes razón, Peter. No son necesarios los seguidores confundidos".

"Además, como mencioné antes, no hagas esto sobre ti. Con la mayor frecuencia posible, comparte el contenido de otras personas. Encuentra contenido que proporcione valor a tu congregación objetivo y a tu seguidor ideal. A medida que mejores, aprenderás este sistema por tu cuenta y desarrollarás una estrategia ganadora".

"Esto es genial, Peter. ¿Eso es todo?".

"No. Un consejo más".

"¿Qué es, Peter?".

"Ser paciente. No tendrás éxito de la noche a la mañana. Mira cuánto tiempo le tomó a tu hijo. ¡Más de 2.000 años! Así que ahora llegamos al final. ¿Tienes alguna idea de cuál será tu nombre?".

"Oh, sí, es fácil. Creo que seré @dios".

"No, alguien ya tomó ese mango. ¿Qué vas a hacer si no puedes usarlo?".

"Bueno, la última vez hice llover durante cuarenta días y cuarenta noches y comencé de nuevo. La segunda vez debería ser igual de fácil".

CORRECCIONES

Ayer me estaba ocupando de mis asuntos en el tren cuando un hombre alto se sentó a mi lado con un paquete misterioso. Era un paquete pequeño y sencillo, envuelto en papel marrón y cordel, sin remitente ni señal de quién podría haberlo enviado. El hombre no dijo nada, se quedó sentado mirándolo durante un largo rato.

Por su vestimenta, supongo que era sastre. No me preguntes por qué pensé que parecía un sastre. Su estilo de traje era extraño y parecía casi victoriano, pero yo no soy la policía de la moda, así que no me importaba cómo vestía. A medida que pasaba el tiempo, me sentía un poco incómodo, preguntándome qué había dentro del paquete y por qué el hombre estaba sentado allí mirándolo.

Al final, no pude soportarlo más y le pregunté qué había dentro. Él simplemente sonrió y dijo: "Ya verá", antes de levantarse, dejar el paquete en el asiento de al lado y bajarse en la siguiente parada.

¿Ahora qué? El hombre dejó el paquete y me tentó a abrirlo yo mismo. Mirar el paquete en sí no me ayudó a discernir lo que contenía, pero definitivamente era sospechoso. ¡Me alegro de no haberlo abierto! Todavía estoy conmocionado por eso. Decidí que si venía el revisor le pediría que lo quitara.

Lo único que se me ocurrió fue: "Está bien, grandulón. ¡Tienes pensamientos locos en la cabeza!".

El paquete simplemente descansaba en el asiento a mi lado.

Un hombre bajo se subió corriendo al vagón en la siguiente estación, muy exaltado. Me pregunté por qué el hombre estaba tan alterado cuando entró corriendo al carruaje y luego se sentó frente a mí. Cuando se sentó, no me dijo ni una palabra hasta que vio el paquete.

Finalmente habló: "Disculpe, ¿qué hay en la caja?".

Encogiéndome de hombros, me estaba preparando para responderle. No supe cuando dijo: "¿Eso lo dejó aquí un hombre alto?".

Sorprendido por su pregunta, asentí tontamente con la cabeza.

Él simplemente sonrió, se acercó y agarró el paquete cuando llegamos a la siguiente parada.

"¿Qué vas a hacer?", le pregunté.

"Ya verá", mientras corre hacia la salida.

No podía esperar a ver qué podía ser, así que me bajé del tren y lo seguí. Caminábamos por un largo callejón cuando se detuvo frente a una puerta y llamó.

Una anciana abrió la puerta y nos invitó a pasar. "Siediti e tiporteròqualcosa da bere", dijo.

Sonaba a italiano y yo no hablaba el idioma, pero sus gestos corporales me dijeron que me sentara en un taburete junto a la mesa mientras el hombre del tren estaba de pie sosteniendo el paquete. La anciana entró con dos jarras de cerveza, cada una con una cabeza de aspecto maravilloso, sostenidas firmemente en una mano y una caja larga y rectangular en la otra. Me lo entregó y dijo: "Abril" e imita a un niño abriendo un regalo. Asentí. Lo entendí y lo abrí.

Dentro había una tela negra, de aproximadamente un pie y medio de ancho y un pie y medio de largo. Me quedé mirando maravillado el extraño objeto. No se parecía a nada que hubiera visto nunca y la única forma en que podía describirlo era que parecía una tubería. "Prendiquesto", dijo. "Ne haibisogno".

Nuevamente, el hombre del tren se quedó allí sosteniendo su propia caja y sonriendo.

Tomé la pipa vieja y la examiné. Era una pipa de madera de cerezo bien conservada, similar a las que se mencionan en las historias de Arthur Conan Doyle sobre su famoso detective Holmes. Después de un minuto de inspeccionar la pipa, se la devuelvo a la mujer que la coloca sobre la mesa.

"Ieriabbiamofattounagita al mare", dijo la anciana.

"¿Qué dijiste?", pregunté.

"Ieriabbiamofattounagita al mare", respondió nuevamente la mujer, y nos dejó solos para hablar.

Al darse cuenta de que tenía una cara confusa, el hombre me traduce.

"Ella dijo: Ayer fuimos de viaje al mar".

Ahora estaba confundido. Una italiana me cuenta que ayer fue al mar con alguien y ahora me muestra una pipa de madera de cerezo. "¿Qué está pasando?". Pensé dentro de mí.

Sintiendo confusión, el hombre explica.

"Profesor Brown, habría pensado que había reconocido la pipa. ¿No sabe a quién pertenece?".

"¿Como sabes mi nombre? ¿Quién eres? ¿Qué está pasando? ¡Exijo respuestas ahora mismo!".

"Obviamente no me reconoce. Por favor inspeccione".

Di un paso atrás y le di al hombre una mejor mirada. Es de estatura media, mandíbula cuadrada, cuello grueso y bigote. Ahora que lo miré mejor, también vestía un traje de estilo victoriano. Era extraño que no me hubiera dado cuenta de esto cuando entró corriendo en el tren.

"Lo siento, no te reconozco. ¿Has asistido a alguna de mis conferencias? Esa podría ser la única razón por la que me conoces. ¿Estoy en lo correcto?".

Con una gran sonrisa, responde. "A ninguna, profesor Brown. Es autor de más de doscientos artículos y libros sobre mi colega y yo. La mayor parte es correcta excepto en un punto".

Mi cara debe haber estado en blanco porque luego abrió la caja que sostenía y sacó una calabaza.

"¡Vaya, esa es mi valiosa calabaza! La tengo expuesta en la repisa de la chimenea de mi casa. No tiene precio. ¿Qué es esto? Robaste esto de mi casa, ¿no?".

"Bueno, sí y no. Mi colega lo hizo y me lo dejó en el tren cuando se sentó a su lado para dárselo ahora. También me encomendó compartir con usted la verdad. Mi colega nunca usó calabaza. Le gustaba el tabaco en una pipa de arcilla ennegrecida, en una de brezo aceitoso y en una de madera de cerezo. Esa madera de cerezo que ahora tiene en la mano, profesor".

De repente, lo comprendí. No podía ser. Ahora estamos en el año 2023 y no tenía mucho sentido. El personaje que utilizó las pipas las habría utilizado entre los años 1880 y 1914. No podría estar vivo y, más concretamente, ¡es un personaje ficticio!

"No. Eso es imposible. ¿Me estás diciendo que eres su socio de confianza?".

"Sí, lo soy. A su servicio".

Había dejado la cerveza sobre la mesa y ahora la recogí y la bebí de un trago.

"No. No creo que seas quien dijiste ser porque eso significaría que la persona que se sentó a mi lado en el tren es........."

"Sí, profesor, es él. Nos gustaría que se tomara un momento y se comunicara con sus editores y modificara todos los artículos y libros donde menciona que usó la calabaza e insertó una de las otras tres pipas".

Al mirarlo, me doy cuenta de que él también es un personaje ficticio y tiene más de cien años y, sin embargo, aquí estoy sentado con él y discutiendo las diversas pipas utilizadas por su compañero de investigación.

"Está bien, haré lo que me pidas, pero necesito programar un horario para entrevistarlos a ambos. Esto es absolutamente asombroso y provocará una tormenta en el mundo literario".

"Eso no es posible, profesor. Ni él ni yo aceptaremos esa petición, porque estamos demasiado ocupados resolviendo casos. Por favor, haga las correcciones lo antes posible. Estas correcciones serán simplemente elementales".

El doctor Watson toma la pipa de cerezo de la mesa y me deja allí sentado con la calabaza para descubrir cómo corregir todos mis artículos y libros.

Elemental en verdad.

ESTÚPIDO

"Ahora, dígame exactamente qué cree que fue robado esta vez, señor Diamante".

Bill Diamante, el propietario de Diamantes Joyería en Northport, Nueva Gales del Sur, mira a la inspectora detective Jessica Maguire y queda hipnotizado por su rostro angelical.

Hace seis semanas, hubo una rotura en su tienda y sólo le robaron algunos artículos; sólo detalló alrededor de $50,000 en artículos que estaban justo por debajo de su exceso con la compañía de seguros, lo que significaba que no habría pago del seguro, pero, aun así, si podía recuperar las joyas, no se quedaría sin dinero de su bolsillo. Esa fue toda la preocupación de Bill hasta que la detective entró en su tienda.

Bill, un soltero devoto que disfruta de la compañía de mujeres, nunca tuvo una relación que durara más de seis meses. Siempre fue su elección romper con excusas poco convincentes.

"No eres tú, soy yo".

"Mi trabajo es demasiado exigente para tener una relación significativa".

"Eres demasiado buena para mí".

"Necesito algo de espacio".

"Me superarás y yo no podría soportar ese dolor".

"Nuestros signos del zodíaco no son compatibles".

"Nos amamos demasiado".

Bill siempre pensó que, si estas excusas funcionaban, sin tener en cuenta los demás sentimientos, ¿por qué debería preocuparse por eso? Además, tenía muchas más para utilizar si fuera necesario.

Pero entonces entró la detective Jessica Maguire.

Hace seis semanas, entró luciendo maravillosamente. Llevaba un traje de pantalón azul oscuro a medida, con un corte bajo en la cintura, donde vivía el cargador de su arma y una blusa blanca que mostraba sólo su cuello derecho mientras sostenía un fino collar de cadena con una pequeña baratija. Llevaba el pelo corto, usaba un poco de maquillaje y tenía las uñas cuidadas. Sencillo y sorprendente al mismo tiempo. Bill no podía tener suficiente de ella. Hoy lucía igual de impresionante.

"Señor Diamante, ¿puede decirme qué se llevaron esta vez?".

Bill mira rápidamente al agente que está firmemente parado junto a la puerta de entrada y le entrega una lista a la detective y ella la echa un vistazo.

"Se ve muy similar a las cuatro veces anteriores. ¿Dijo que el circuito cerrado de televisión no volvió a funcionar?".

"Correcto, detective Maguire. Deben haber encontrado una manera de eludir la seguridad, así que no tengo película".

Un ligero ceño aparece en el rostro de la detective mientras mira al agente, pero desaparece rápidamente.

"Señor Diamante, me parece muy peculiar que de todas las joyerías de Northport, la suya sea la única a la que atacan todo el tiempo. ¿Hay alguien que le guarda rencor? Alguien que simplemente lo está acosando. ¿Algunas ideas?".

"No, detective Maguire. ¿Puedo llamarla Jessica, por cierto?".

"Prefiero detective Maguire, señor Diamante".

Desconcertado por la abrupta respuesta, Bill continúa respondiendo la pregunta.

"Ah, OK. No he tenido enfrentamientos con nadie ni con un cliente descontento. Soy el único empleado, por lo que, si alguien tiene problemas conmigo, tiene que ser una fuente externa. ¿Estoy diciendo todas las palabras correctas al describir mi circunstancia? Quiero ser de la mayor ayuda posible, pero, por supuesto, siempre puede volver a visitarme y hacerme más preguntas. En cualquier momento".

Bill estaba encantado de que la detective pudiera hacer eso, pero recibió una gran sorpresa.

"No, señor Diamante. No tengo más preguntas y no creo que vuelva pronto. Creo que sé lo que está pasando aquí. ¿Podría por favor salir de detrás del mostrador y pararse frente a mí?".

"Genial", pensó Bill. "Dejé una buena impresión y ahora quiere un momento más cercano, tal vez incluso más íntimo. Podría simplemente pasar la mano por mi cuello y dejar un gran, lento y dulce beso en mis labios".

Cuando Bill se acerca de detrás del mostrador y se detiene frente a la detective, ella extiende su mano, que Bill con gusto alcanza cuando de repente ella lo agarra, lo hace girar y le pone las esposas.

"Bill Diamante, lo arresto por brindar información falsa y engañosa a la policía en virtud del artículo 307B de la Ley de Delitos de 1900 de Nueva Gales del Sur, que conlleva una pena máxima de dos años de prisión. No está obligado a decir ni a hacer nada a menos que desee hacerlo, pero todo lo que diga o haga podrá utilizarse como prueba. ¿Lo entiende?".

Bill está atónito. ¿Qué es lo que sucede? ¿Cómo se dio cuenta de que él estaba activando la alarma a propósito para que ella fuera a visitarlo?

"Detective. Jessica. Pensé que sabías que estoy enamorado de ti. ¿No te preocupas por mí? ¿Qué razón tienes para no querer estar conmigo? Por favor, no me des una mala excusa".

"¿Una mala excusa, señor Diamante? ¿Qué tal esta excusa: tengo una carrera en la que pensar?".

Mientras la detective entrega a Bill al agente que lo lleva al auto que espera, ella va detrás del mostrador y encuentra la llave para cerrar la puerta principal. Al cerrarla, Jessica mira a Bill mientras el agente lo sienta en el auto y piensa para sí misma.

"Estúpido".

ESCRITOR DE MISTERIOS

"Dios, odio los lunes", pensó el aspirante a escritor de misterio Joaquín Navarro mientras sale de su unidad encima de la única óptica de la ciudad y pasa por su librería, *Village Books & Stuff*. Joaquín mira por el escaparate los libros expuestos y una atractiva portada llama su atención: *Cuentos Para Compartir con mi Pareja Libro 1*. Murmura para sí: "Tal vez venga el jueves después del trabajo y lo recoja. Parece un libro divertido, sólo por su portada".

Joaquín mira su reloj y se da cuenta de que está a punto de alcanzar las 7:50 a. m., por lo que acelera el paso. Acelerar el ritmo no fue un problema para Joaquín.

Es analista de mercado junior para una de las grandes firmas contables especializadas en capital de riesgo y, mientras se sienta frente a una computadora la mayor parte del día, intenta compensar esta laxitud en el trabajo con un riguroso cuarenta y cinco. Entrenamiento de unos minutos en el gimnasio de la empresa, seguido de una ducha rápida y un almuerzo ligero. Después de fichar a las 6 p.m. en punto, Joaquín regresa al gimnasio para un breve entrenamiento de treinta minutos, nuevamente se da una ducha rápida que termina a las 7:20 p.m., lo que lo lleva a la puerta de entrada de su casa exactamente a las 8:20 p.m. Sincronización perfecta. ¡Como un reloj!

Esta precisión le permite a Joaquín dedicar varias horas después de la cena a sus escritos de misterio, que imagina que algún día se exhibirán en la librería de abajo.

Pero los lunes siempre son difíciles.

El fin de semana, especialmente el sábado, es su "R & R" día en el que se reúne con sus amigos y a veces se reúne con otros escritores locales para discutir tramas, estrategias, etc. Esto le deja el domingo para descansar, holgazanear en su unidad y simplemente alejarse de su vida diaria y soñar con su novela actual y en cómo va.

Todos los días pasan sin novedad. Joaquín usa sus auriculares de camino al trabajo y escucha a sus autores favoritos. Cussler, Patterson, Nodar, ya conoces a los grandes, y estando en pleno invierno en Sídney, su abrigo en su viaje diario en tren; lo ignoran y los ignora.

Entonces, una noche, de camino a casa después de otro día estresante en la oficina, Joaquín se sobresalta cuando un hombre asiático frenético lo derriba mientras corre y luego sube corriendo las escaleras, perseguido por dos matones. Joaquín ve al matón levantar un revólver y un disparo resuena en la cavernosa Estación Central.

Le dispararon al asiático.

Desde su posición en el suelo, Joaquín observa cómo cientos de personas se dispersan y se agachan detrás de las columnas, esperando más disparos que no llegan. Un disparo fue suficiente para derribar al asiático. Los matones se arrodillan junto al asiático y comienzan a registrarlo, pero se detienen cuando escuchan que alguien grita: "Policía". "Policía. Están por allí", y rápidamente escapan por una de las muchas salidas y simplemente desaparecen en la calle.

Joaquín se levanta y comienza a quitarse el polvo mientras observa a la policía pararse junto al cuerpo y crear un cordón improvisado a su alrededor a medida que llegan más agentes. Mientras quita el polvo de su abrigo, descubre un pequeño paquete en el bolsillo lateral.

Sacando el paquete, lo abre lentamente y encuentra un llavero esponjoso de piel de conejo falsa con una llave adjunta y una nota encriptada con algunas palabras escritas en minúsculas: 4528 Lewis Street, Spring Farm, NSW–ttbb.

Sorprendido por el llavero y la extraña nota, Joaquín no se dio cuenta de que los policías habían movido el cuerpo. Al mirar el lugar donde cayó el hombre asiático, no había sangre y se preguntó cómo la policía o los conserjes del tren habían limpiado el desastre tan rápido. Encogiéndose de hombros, se dirige al andén justo a tiempo para tomar el tren.

Saltando al tren y rápidamente encontrando un asiento junto a la ventana, sostiene la nota en su mano izquierda y la lee de nuevo.

Simplemente no tenía mucho sentido.

El llavero era un enigma porque se preguntaba cuál sería la llave. Parecía cualquier llave que pudieras tener en la oficina o en una casa. Pero la nota, la nota extraña con la dirección y luego las letras "ttbb", eso es extraño. Un misterio, por cierto, pero entonces Joaquín se dice: "oye, eres un escritor de misterio; Deberías poder resolver esto".

Al llegar a su unidad exactamente a las 8:20 p. m., se cambia rápidamente, toma las llaves del auto y camina por la puerta trasera hacia el estacionamiento. Sentado en el coche y antes de arrancarlo, Joaquín introduce la dirección en la pantalla GPS integrada de su Mini John Cooper Works Clubman. "Sólo treinta y dos minutos". Dando marcha atrás y accediendo rápidamente a la calle principal de Northport, se dirige hacia la carretera sur y después de lo que parecieron menos de treinta y dos minutos, Joaquín llega al 4528 de Lewis Street Spring Farm.

Un hermoso estilo Hampton con un porche envolvente presenta el edificio de una sola planta. Joaquín se acerca a la puerta principal, toca el timbre y espera.

Nada.

Nadie llega a la puerta.

Se da vuelta para irse y lo piensa dos veces. Tiene una llave en un llavero de conejo falso y peludo. ¿La llave encajará en esta puerta?

Al insertar la llave en la cerradura, oye girar el pestillo y la puerta se abre con cautela ante su mano.

"Hola. ¿Alguien en casa?".

Al avanzar por el largo pasillo, ve muchas puertas cerradas, pero decide no aventurarse en ninguna de ellas y continúa hacia lo que parece ser el salón donde, sentado, apoyado en el salón de tres plazas, está el hombre asiático que parece sin vida.

"¡Oh mierda!" piensa Joaquín para sí. "¿En qué me he metido? Mis huellas dactilares están en la manija de la puerta. Toqué el timbre. La policía va..."

"Espera un minuto", deteniendo su pensamiento en el aire. "¿Cómo llegó aquí el cuerpo del hombre asiático? La policía no lo traería aquí. Lo llevarían al hospital, a la morgue o a algún otro lugar, pero no a su casa. ¿Es esta su casa?". Joaquín se queda perplejo y se acerca para ver mejor el cuerpo.

Poco a poco se mueve hacia el salón y cuando se acerca a un metro del cuerpo, ¡el asiático salta!

Un sorprendido Joaquín casi se desmaya y rápidamente se da vuelta y comienza a correr y se topa con Harry McDonald, su colega de trabajo en el escritorio, que se ríe enérgicamente.

"Vale la pena. La expresión de tu cara, Joaquín. Nunca lo olvidaré mientras viva. ¡La experiencia fue increíble!".

"Que…? ¿Qué está pasando, Harry? ¿Qué estás haciendo aquí? ¿Quién es este hombre? ¿De quién es esta casa?".

"Tranquilo Joaquín. Ha llegado el momento de recuperar el dinero, eso es todo".

"¿Tiempo de retribución? ¿Para qué, Harry?".

"Por todas esas bromas infantiles que me hiciste en la oficina. El cojín Whoopi, el vaso para regatear, la mierda de perro falsa en mi silla, la estúpida serpiente falsa en el chiste de la lata, esos cubitos de hielo de insectos falsos en la fiesta de Navidad. ¿Necesito continuar?".

"Maldita sea, Harry, podría haberme dado un ataque al corazón".

"¿En tu excelente forma? Eso no sucedería".

"Bueno, tengo que irme. Así que me despido de ti".

"Espera, Harry. ¿Qué es ttbb?".

"¿Por qué pensé que lo descubrirías? Escritor de misterio. Significa que 'te tengo bien, bastardo'".

TÚ

Para algunos, es una unión feliz,

Para otros, es una pesadilla.

Algunos dicen que el matrimonio es amor,

Algunos dicen que es sólo un vínculo.

Otros dicen que el matrimonio es un
rompecabezas,

Que tienes todas las piezas y lo único que necesitas
es la llave

Si ese es el caso

Eres la llave y encontré la llave del amor.

Y eres TÚ,

TÚ,

TÚ.

POLLO CHINO SALTEADO

Jericó es uno de los asentamientos europeos más antiguos del oeste de Nueva Gales del Sur. La comunidad es de gran importancia para el pueblo Wilyakali que tradicionalmente ocupaba las tierras alrededor de Broken Hill. Jericó está a unos 1.100 kilómetros de Sydney por la B94 y a unos sesenta kilómetros de Broken Hill.

La aldea de Jericó es mucho más pequeña que la ciudad de Broken Hill. Jericó tiene poco más de mil habitantes en comparación con los más de diecisiete mil habitantes de Broken Hill. Los australianos conocen Broken Hill por su historia minera y las exhibiciones de geología en el Museo de Minería y Minerales Albert Kersten. Jericó, bueno, tiene una subestación de policía.

La sargento mayor Arely Socket fue transferida de Broken Hill a un supuesto ascenso en Jericó, pero Arely no estaba muy segura de que fuera un ascenso. Siempre se preguntó por qué Jericó necesitaba tener una subestación de policía, pero no se molestó en investigarlo ni preguntar al respecto durante su entrevista.

Arely llegó a Jericó y descubrió que tenía un equipo de tres agentes y un gerente de oficina para patrullar la ciudad, que cubre un área de aproximadamente 195 kilómetros cuadrados que comprende Jericó y la aldea más pequeña de Menindee. Al principio, a Arely le preocupaba que su personal no pudiera hacer frente a un crimen en un área tan grande, pero en el último año desde su destino, sólo ha tenido que lidiar con algunos incidentes en pubs, algunos botes de gasolina desaparecidos y algunos gatos en los árboles en esta parte del estado abandonada por Dios.

Cuando recibió una llamada a la jefatura de policía de Yindi Carmichael, su única mujer agente, la mañana fue interesante.

"Jefe, tiene que venir rápido al cementerio".

A Arely le gustaba que la llamaran jefe y, si bien le quedaba un largo camino por recorrer desde sargento mayor hasta inspector jefe, sonaba agradable.

"¿Qué pasa, Yindi? ¿Por qué estás en el cementerio?".

"Jefe, de patrulla normal. Tienes que bajar y verlo. No quiero hablar por el móvil".

"Bien. Vale, nos vemos en veinte".

Arely miró su reloj y notó que eran apenas las 7:50 a.m. El sol apenas había salido hacía una hora y Yindi ya había encontrado un incidente del que informar. Probablemente grafiti, pero ella preguntó y un buen jefe apoya a sus oficiales. Una vez más, a Arely le encantó el sonido de esa palabra: jefe.

Al llegar al cementerio poco después de las 8 de la mañana, ve a Yindi parada cerca de una lápida. Cuando se acerca a Yindi, ve una tumba recién excavada y nota que Yindi la señala. Arely mira dentro de la tumba y ve un cadáver masculino desnudo y sin cabeza.

"Maldita sea", dice en voz alta.

"Sí, jefe. Eso es lo mismo que dije cuando me acerqué. Lo comprobé y, además de la lápida en blanco, no hay señales de quién es".

Arely camina alrededor de la tumba excavada y no ve ninguna actividad inusual. Arely miró su reloj y supo que

Katherine Paterson, la forense de Broken Hill, estaría en la oficina y podría llamarla para pedir ayuda.

"Yindi, odio obligarte a quedarte, pero llamaré a la doctora Paterson para que recoja el cuerpo y vea si puede realizar algunas pruebas para ver cómo mataron al hombre y averiguar quién es comprobando sus huellas dactilares. Espera hasta que llegue y luego marca el área una vez que se vayan con el cuerpo".

"Jefe, correcto. Lo tengo".

Arely se sienta en su patrulla, marca el número de la morgue y recibe una respuesta rápida: "Morgue. Habla la doctora Paterson".

"Hola, Katherine", Arely aquí. "Tengo un cadáver y necesito respuestas rápidas".

"Buenos días para ti también, Arely. ¿Dónde está el difunto?".

"En el cementerio".

Arely escuchó una risita rápida antes de que hubiera una respuesta: "¿No es ese el lugar lógico para un cuerpo,

Arely? No me estarás gastando una broma tan temprano, ¿verdad? Apenas terminé mi primer café de la mañana".

"No, Katherine. Es real. Yindi está vigilando hasta que tú y tu equipo lleguen aquí. ¿Cuánto falta para que puedas venir?".

"Unos cuarenta y cinco minutos".

"Bien. Se lo haré saber a Yindi. Avísame cuando tengas algunas respuestas".

"Oui señor. Feramon capitán.

"Deja de alardear de tu reciente viaje a Francia. Necesito respuestas rápidas", mientras cuelga.

Arely conoció a Katherine cuando estaba en Broken Hill. Si bien un forense es un magistrado especial asociado con los tribunales locales y tiene formación jurídica, no necesita tener una calificación médica, pero Katherine es doctora en medicina, lo que le da mayor credibilidad a su testimonio.

Mientras Arely conduce de regreso a Jericó, su mente trabaja en su plan para abordar su primer asesinato en Jericó en Dios sabe cuántos años. Tendrá que revisar los archivos para ver si hay algo que pueda ayudar.

Al mediodía, Marnie, la directora de la oficina, grita: "Jefe, señora Quigley, en la línea dos".

"¿Y ahora qué?", piensa Arely mientras retoma la línea.

"Sargento mayor Arely. ¿En qué puedo ayudarla, señora Quigley?".

"Ah, sargento Arely, me alegro mucho de que esté dentro. Munchie está en el árbol otra vez".

Esta fue la cuarta vez en tres meses. Arely odiaba a Munchie.

"Señora Quigley, ¿cuánto tiempo lleva el gato en el árbol?".

"Unos diez minutos, sargento".

"Entonces dele al gato un poco de tiempo allí arriba y bajará solo".

"Pero sargento, es la hora del almuerzo y ella no ha bajado".

Arely mira el reloj de pared y ve la hora: 10:30 a.m.

"Señora Quigley, son las 10:30 a.m. Estoy segura de que todavía no es la hora del almuerzo del gato. Espere al menos hasta el mediodía".

"Sargento Arely, le haré saber que mi almuerzo es entre las 10:30 a. m. y las 11 a. m. todos los días y así ha sido durante los últimos quince años, así que no me diga a qué hora es almorzar".

"Lo siento, señora Quigley, por favor almuerce y haré que uno de mis oficiales vaya a ayudar lo antes posible".

"Pero Munchie responde mucho mejor a tu voz. A ella le resulta reconfortante y baja cuando la llamas para que lo haga".

"Mmm", pensó Arely; recuerda haberle gritado al maldito gato, sin menospreciarlo. Bueno, siempre podrá comer algo rápido después en la ciudad.

"Está bien, señora Quigley, estaré alrededor del mediodía. Vuelva a llamar si el gato baja antes de las 11:30 a. m., así evito el viaje, ¿vale?".

"Munchie".

"¿Qué señora Quigley?".

"Munchie es su nombre. Muestre algo de respeto, sargento", y cuelga.

"Excelente. Otro ciudadano feliz", mientras Arely llama a Marnie.

"Sí, jefe".

"¿Hasta dónde se remontan los archivos? ¿Recuerdas la última vez que la fuerza los utilizó?".

"Maldita sea, jefe, no lo sé y no recuerdo que nadie haya ido allí en los últimos veinte o veinticinco años desde que estoy aquí".

"Muy bien, encuéntrame la llave y yo misma iré a buscarlos".

Diez minutos más tarde, Marnie le entrega las llaves a Arely y ella camina hacia la parte trasera de la estación, hacia el área de registros. Abre la puerta y parece caminar hacia el pasado.

En algunas estanterías hay polvo, incluso algunas telarañas. Nadie parece venir aquí, no desde que todos los casos comenzaron a digitalizarse en diciembre de 2020. Arely estaba segura de que a nadie se le ocurrió llamar a la estación de Jericó para digitalizar sus registros antiguos.

Hoy en día, los criminólogos agrupan los delitos en cinco categorías principales: delitos violentos; crimen de propiedad; delito de cuello blanco; crimen organizado; y delitos consensuales o sin víctimas. A Arely le encantó el proceso de pensamiento que se introdujo en el departamento de registros de Jericó en sus primeros días. También catalogaron los casos según el delito, pero los dividieron en tres categorías: hurto, vagancia y otros.

Esta iba a ser una investigación fácil, pensó Arely y, demostrando sus prometedoras habilidades como detective, tomó las primeras cajas comenzando con la etiquetada: "Otros–1853-1899" y "Otros–1900–1930". Faltan dos cajas y tres cajas.

No sabía por qué empezó con las casillas anteriores. Quizás curiosidad sobre el pasado de las actividades criminales de Jericó que caían en la categoría de "otros". Quizás necesitaba pasar tiempo en su oficina. Arely no estaba segura, pero los recogió y los devolvió a su oficina.

Primero ve una lista de verificación que da cuenta de los casos con un párrafo simple que detalla el delito. Esto incluso iba a ser más fácil, pero era una caja razonablemente grande, por lo que le tomó aproximadamente una hora en la primera caja antes de que la Sra. Quigley llamara para decir que el maldito gato había bajado y que no necesitaba venir. Entonces Yindi informó que Katherine acababa de irse con el cuerpo.

El teléfono no volvió a sonar desde entonces. Bien, tuvo mucho tiempo para leer.

Mirando el reloj de la pared, ve que es más de la 1:00 p.m. y le pide a Marnie que le traiga un café y un sándwich de la tienda de delicatessen de Franco de la calle y que se sirva un café y le entrega un par de billetes.

Cuando Marnie sale a buscar su almuerzo, Arely sonríe. Ha estado en el lugar de Franco antes y fue un ex coronel del ejército afgano que abandonó el país cuando cayó en manos de los talibanes. Arely no preguntó cómo terminó en Jericó. Quizás a él también lo ascendieron, pensó, sonriendo una vez más.

Usar la lista de verificación facilitó aún más la investigación y, al completar la primera casilla, la respuesta fue simple: no hay crímenes violentos de ningún tipo, por lo que comienza en la casilla número dos cuando Marnie entra con su almuerzo y cambio y asiente con la cabeza, agradeciéndole por su café.

El café olía bien y el sándwich estaba bastante decente mientras continúa investigando la casilla dos cuando la lista de verificación casi le grita: nada.

"Genial", piensa Arely. "A menos que haya un caso de asesinato en las siguientes tres casillas, supervisaré mis primeros casos de asesinato yo misma a menos que la jefatura envíe a un detective".

"Jefe, la doctora Paterson está en la línea dos".

"Katherine, si llamas para informarme de los resultados, será rápido. ¿Qué tienes?".

"Hola Arely, por cierto, estoy bien. Sí, te llamo con alguna información, pero no la he recibido toda, pero por observación preliminar sé quién es el individuo".

"Entonces, ¿qué dicen las huellas dactilares sobre quién es?".

"No, todavía no he recibido la información de las huellas dactilares; todavía estoy esperando".

"¿Entonces cómo puedes saber quién es?".

Hay una pequeña pausa antes de que Katherine responda. "Tiene una marca de nacimiento en el interior de la pierna izquierda, al lado de la ingle. Así es como creo que sé quién es".

Ahora es el turno de Arely de quedarse callada por un momento o dos.

"Por favor explica".

"Bueno Arely, acabo de terminar una relación con un hombre durante mi viaje a Francia cuando me enteré de que estaba casado. Tiene la misma marca de nacimiento, así que supongo que es él".

"Necesito el nombre y la dirección de la persona con la que tuviste una relación Katherine".

Arely anota la información y hace una búsqueda rápida en Internet.

"Katherine, no salgas de la morgue hasta que obtengas los resultados de las huellas dactilares. Pasaré pronto. ¿DE ACUERDO?".

"Por supuesto, Arely. Esperaré los resultados hasta que vengas".

Al llegar a la dirección, ve un Lexus RX con el portón trasero abierto y un par de maletas listas para cargar en el camino de entrada. Cuando se acerca a la puerta principal, una mujer corpulenta con otra maleta la ve a ella y a la patrulla. Le arroja la maleta a la cara a Arely y corre hacia la parte trasera de la casa.

Arely toma la maleta y la empuja al suelo y la persigue, pero no fue una gran persecución. Tenía un vestido y tacones altos y no era nada rápida, por lo que era fácil de atrapar con un simple uso de su porra golpeándole la pierna. Pierde el equilibrio y cae de bruces sobre la deliciosa hierba verde.

"Lo siento, lo siento. No quería hacerlo. Tuvimos una pelea simple. Lo pillé mintiendo. Dijo que había ido a Francia en un viaje de negocios y resultó que estaba con una fulana e iba a romper nuestro matrimonio por ella. Me enojé y lo golpeé con mi wok de hierro fundido anoche cuando estaba preparando pollo chino salteado. Lo siento mucho".

Esposándola, Arely recita su declaración memorizada: "Usted tiene derecho a permanecer en silencio. Tiene derecho a un abogado; Si no puede pagar uno, se le asignará uno. Si renuncia a estos derechos y habla con nosotros, cualquier cosa que diga podrá usarse en su contra en el tribunal. Por cierto, ¿cómo se llama?".

"Marlene Thompson".

"No se resista a llevarla a la estación Marlene, donde podrá repetir lo que me dijo, lo grabé en mi cámara corporal".

Con cara de tristeza, Marlene sube a la patrulla y mientras Arely regresa a la estación, piensa para sí misma: "¿Quién la habría poseído para cortarle la cabeza? ¿Por qué querría enterrarlo desnudo? ¿Pudo llevarlo sola al auto y luego cavar el hoyo para arrojarlo allí?".

Mirando por el espejo retrovisor, Arely pensó: "Sí, definitivamente podría hacer estas cosas, ¿Qué la poseyó? Simple. Furia. ¿Enterrarlo desnudo? Degradación. ¿Llevarlo al auto y tirarlo al suelo? Fácil. Definitivamente es lo suficientemente corpulenta. Estoy segura de que conseguiré su versión en la comisaría".

Mirando el camino que tenía por delante, Arely tuvo un pensamiento más: "¿Qué cenaré esta noche? El salteado chino suena bien".

COORDENADAS

Chisis miró sus instrumentos como lo había hecho tantas veces desde el inicio de este viaje. Como navegante de la nave espacial, ha aprovechado todas las posibilidades para asegurarse de que todo funcione perfectamente. Desde lo más simple hasta lo más complejo. Cosas simples como velocidad, rumbo y mucha más información crucial en el vuelo intergaláctico. Todos los indicadores mostraban que Chisis estaba haciendo lo correcto, tal como fue entrenado. Su indicador de velocidad muestra la velocidad exactamente a tres por segundo según las instrucciones de su comandante. Chisis también mantuvo el generador de gravedad artificial de la nave en lo que el comandante denominó el "punto óptimo", lo que hizo posible que la tripulación estuviera cómoda en todo momento.

Todo estuvo genial, como siempre, por lo que Chisis se volvió loco.

Mira a la oficial de comunicaciones Akila y la ve jugueteando con los instrumentos. Siempre alerta, muy consciente de su responsabilidad. Esa tenacidad es la razón por la que no puede dejar de pensar en ella. Si a eso le sumamos su inteligencia, tampoco es mala, "así que es una gran combinación", pensó Chisis, pero nunca podría invitarla a comer en el comedor.

"Estúpido Chisis", decía su hermano mayor Asim.

"Alférez Chisis, ¿está soñando despierto otra vez?", dice el comandante Amenhotep mientras camina hacia la cubierta de mando.

"No, comandante Amenhotep, sólo calculando cuánto tiempo nos queda para llegar a las siguientes coordenadas".

"Es mi cálculo y el oficial científico Sadig está de acuerdo. Tenemos aproximadamente una hora. Déjeme encenderle las imágenes, señor".

Aparece una pantalla de visualización y emerge una esfera ampliada de un planeta, que luce bellamente como una forma circular azul con remolinos blancos. Puedes ver partes marrones, amarillas, verdes y blancas. "Toda una escena", pensó Chisis.

"¿Y de qué coordenadas provienen las señales de socorro, alférez?".

"Tenemos tres señales diferentes, comandante. El primero es de 29.9723° N, 31.1285° E, seguido de 29.9759° N, 31.1309° E y luego el último en 29.9792° N, 31.1342° E.", responde Chisis.

"¿Recibió tres señales de socorro? Eso tiene poco sentido. ¿Su opinión, alférez Akila?".

"Comandante Amenhotep, no creo que sean señales de socorro sino señales direccionales".

"Explique alférez".

"Señor, cuando la Kawkab abandonó nuestro mundo, estaba integrada por una tripulación experimentada que buscaba nuevos mundos para que los poblara nuestra creciente población. Es posible que hayan encontrado que este planeta no era adecuado y nos dejaron estas coordenadas direccionales. Creo que pretenden que evitemos el planeta, señor, por cómo se dan las coordenadas individuales".

"Parece lógico", pensó el comandante, pero hizo otra pregunta.

"Entonces explique alférez Akila, ¿por qué tres coordenadas?".

Akila se pone de pie, mira al comandante y responde: "Creo, comandante Amenhotep, que el comandante de la Kawkab nos está diciendo que giremos. Que este no es el planeta que buscamos para nuestra migración masiva", mientras Akila señala con su mano una forma curva hacia la derecha. "Quieren que giremos a la derecha, comandante Amenhotep".

El comandante Amenhotep pensó en el comandante Omari, de la nave Kawkab. Se alojó con él en la academia y siempre le gustó. Omari era un estudiante cauteloso, pero no tenía miedo de investigar, y si la insignia es correcta, entonces las tres coordenadas direccionales también son más bien una advertencia, ya que los habitantes del planeta podrían no darles la bienvenida. El comandante Amenhotep también conocía a la consejera de la nave, Dalila, de la academia. Una mujer brillante que fue gentil en sus consejos, pero firme en sus convicciones y que habría apoyado a Omari en su juicio.

Su nave, la Almajara, es la más avanzada de la flota nacional y puede gestionar cualquier situación, pero el comandante Amenhotep también es un comandante cauteloso, de lo contrario no habría sobrevivido tanto tiempo en la flota.

"Chisis, ¿puede darme una imagen de las tres coordenadas al mismo tiempo?".

"Sí, comandante, eso es posible. Un momento".

Mientras el comandante esperaba que las imágenes aparecieran en línea, se comunicó con su capitán de seguridad, Bahiti, quien responde en segundos.

"Sí comandante. ¿Cómo puedo ayudar?".

El comandante Amenhotep pensó que Bahiti era físicamente lo suficientemente fuerte como para derrotar a un hombre mucho más grande, pero tenía la voz más suave para un soldado tan feroz.

"Bahiti, si aterrizáramos en este planeta, ¿están sus tropas preparadas para cualquier cosa que pueda poner en peligro a la Almajara?".

"Sí, comandante Amenhotep. Hasta el final".

"No creo que lleguemos a eso Bahiti, pero necesito que se prepare para el peor escenario posible".

"Sí, comandante Amenhotep", y la comunicación se corta cuando Chisis alerta al comandante que las imágenes están listas para ser vistas.

"Déjelas a la vista", responde Amenhotep un poco perturbado.

Las imágenes se conectan y muestran tres estructuras alineadas con las coordenadas recibidas de las señales. Las tres estructuras son similares, pero ofrecen tamaños variados. La estructura más pequeña está en las coordenadas 29.9759° N, 31.1309° E y cada lado mide ciento nueve metros, mientras que su altura es de sesenta y seis metros.

La segunda estructura es un poco más grande, mide doscientos dieciséis metros de lado y ciento cuarenta y tres metros de altura.

La estructura más grande desde donde se emiten las señales tiene una longitud de cada lado en la base en promedio de doscientos treinta metros y estimé su altura en ciento cuarenta y siete metros.

"Chisis, ¿puede ampliar esos pequeños puntos alrededor de las estructuras?".

"No comandante Amenhotep. Estamos en el máximo aumento".

"Voy a mi habitación. Mantenga nuestra posición y no avance más cerca del planeta, ¿entendido Chisis?".

"Sí comandante".

El comandante Amenhotep se sienta en su escritorio y, por primera vez, siente el peso del mando. Ha experimentado batallas y emergencias por las que pasó con algunas cicatrices, pero tuvo éxito. Esta vez una decisión equivocada no sólo puede condenar a los tripulantes del Almajara sino a toda su especie. ¿Es esta una señal de Omari? ¿Está en lo cierto el alférez Akila? Las estructuras parecen formar un arco que apunta hacia la derecha. "Sólo hay una manera de estar seguro", piensa el comandante mientras toma su comunicador y llama a Bahiti. "¿Está listo?".

"Sí, comandante, a sus órdenes".

"¿Cuál es su estado?".

"Comandante, tengo un pelotón de soldados listos para cumplir sus órdenes, señor".

"No. Treinta y seis soldados es demasiado. Podría revolver algo que quizás no sea necesario. Inclúyase en un equipo de reconocimiento llevando sólo a los soldados e intente descubrir qué son esos puntos en movimiento. No se enfrente. Simplemente observe, documente e informe lo antes posible. ¿Preguntas sobre esto Bahiti?".

"Señor, si nos encontramos en peligro, ¿nos involucramos?".

"Negativo. Evite cualquier confrontación. Está allí para una misión de reconocimiento y me informa en persona. ¿Comprendido?".

"Sí comandante".

Después de seis minutos, el comandante Amenhotep recibe un mensaje de comunicación de que el Zahal había abandonado la estación de atraque y se dirigía hacia el planeta. Todo lo que Amenhotep podía hacer era esperar y desear que Bahiti no tuviera que enfrentarse a quienquiera que estuviera al lado de las estructuras.

Pasan las horas y no es sólo el comandante Amenhotep el que está sentado en su puesto esperando escuchar qué han descubierto Bahiti y sus soldados sobre los misteriosos puntos alrededor de las estructuras.

Al mirar sus instrumentos, Akila nota un mensaje entrante de la misión de reconocimiento y rápidamente le pasa la información a su comandante.

Diez minutos más tarde, Bahiti se encuentra frente a su comandante, que espera ansiosamente su informe.

"Señor, como usted nos indicó, aterrizamos cerca de las estructuras y usando nuestro sistema de camuflaje, permanecimos bastante ocultos y declaramos nuestras observaciones según las instrucciones".

El comandante Amenhotep le indica con un gesto que continúe.

"Inmediatamente después del aterrizaje, determinamos que los puntos son habitantes del planeta, son parte de una forma menor de especies a las que les gusta permanecer alrededor de la estructura y usar un tipo primitivo de artefacto para señalar las estructuras como si trataran de leer señales. Algunos se paran frente a las estructuras, mientras que una de las especies usa el mismo artefacto para señalarlas. Por alguna razón no pude determinar si los habitantes toman sus apéndices, señalan las estructuras y hacen movimientos extraños con sus aparentes rostros. Bastante extraño, señor".

"¿Parecen hostiles?".

"Señor, estábamos listos para la acción, pero la respuesta es no. No parecen hostiles, señor. Notamos que a veces, después de terminar de apuntar sus artefactos entre sí, levantan sus apéndices, se los golpean en lo alto de la cabeza y parecen complacidos por ello. De nuevo, señor, costumbres o gestos muy extraños. No estoy seguro de cómo categorizarlos".

"Interceptamos una de sus conversaciones sobre artefactos, señor. Con la ayuda de Akila utilizando el comunicador de traducción universal, creemos que podemos escuchar con éxito lo que dijeron en nuestro idioma. Es una conversación entre dos hembras de la especie. ¿Le gustaría escucharlo?".

"Sí. Podría ayudarme a determinar el próximo curso de acción".

Bahiti presiona su botón de comunicación y reproduce la extraña conversación con el comandante.

Voz uno: "Oye, juguemos".

Voz dos: "Um, está bien".

Voz uno: "Apuesto a que puedo hacer que digas rojo, ¿listo?".

Voz dos: "Sí".

Voz uno: "¿De qué color es el cielo?".

Voz dos: "Azul".

Voz uno: "Te dije que podía hacer que dijeras azul".

Voz dos: "Espera, no, dijiste rojo".

Voz uno: "¡Boom! Dijiste rojo".

Voz dos: "¡Maldita sea!".

"La conversación cesó después de eso comandante y no pudimos capturarlo nuevamente, pero tuvimos muchas interceptaciones similares, e incluso peores, entre muchos de los habitantes alrededor de las estructuras".

El comandante Amenhotep se toma unos minutos y toma la que será su mejor decisión de mando.

"Chisis, si sigue las instrucciones, ¿qué rumbo tomaremos?".

"Señor, giraríamos a la derecha en el planeta".

"Hágalo".

"Sí, señor".

"Agradezca a sus soldados por su coraje al aventurarse al planeta por mí, Bahiti. Sin duda actualizaré su perfil para notar una extrema confianza en el desempeño de sus funciones".

"Gracias, comandante. Ya que nos vamos, ¿puedo mostrarle un holograma de un cartel extraño que vimos cuando se acercó a las estructuras?".

"Por supuesto, Bahiti".

Bahiti coloca su botón de comunicación en el escritorio del comandante y presiona un botón y aparece una proyección que muestra un cartel con los siguientes símbolos: "BIENVENIDO A LAS GRANDES PIRÁMIDES DE GIZA".

"Gracias Bahiti, por mostrarme esos extraños símbolos. Creo que tomé la decisión correcta para la Almajara y nuestra especie. Este planeta parece estar lleno de habitantes extraños".

"Absolutamente lo hizo, señor", mientras Bahiti sale de la habitación del comandante para regresar a su puesto.

SELECCIÓN DE COMIDA

Cuando cayó la noche y las olas se convirtieron en un suave sonido, trató de no dormir. Pablo había escuchado las historias transmitidas de generación en generación por su familia. Su bisabuelo lo fue, luego su abuelo, luego su padre y ahora lo es él. Un pishtaco.

Mientras Pablo se recostaba en su hamaca en su casa de playa frente al mar en Máncora, Perú, sus pensamientos vagaron hacia la historia de su familia.

Conocido por vagar por los Andes y chupar la grasa de los campesinos, los pocos que sobrevivieron para hablar de él describen al pishtaco como un vampiro de piel pálida. Muchos han descrito a este inmortal como un hombre que se hace pasar por médico, campesino, viajero e incluso, sacerdote.

Pablo sabía que esta aterradora criatura no era producto de la imaginación sino una leyenda de hechos reales.

La Cordillera de Los Andes forma un altiplano continuo a lo largo del borde occidental de América del Sur. Aquí es donde su familia había vivido durante generaciones hasta que llegaron los españoles, lo que para la familia de Pablo también fue una bendición disfrazada. El poder y la influencia española se extendieron de norte a sur a través de siete países sudamericanos: Venezuela, Colombia, Ecuador, Perú, Bolivia, Chile y Argentina. Esto presentó una oportunidad para la familia de Pablo.

Los pishtacos culpan a los nuevos invasores por cualquier acto y así las leyendas continuaron a lo largo de los siglos, y la culpa se acumuló sobre los españoles mientras mantenían su fortaleza en la vasta tierra.

Pero las cosas cambiaron cuando la población se rebeló contra el dominio español y la familia de Pablo tuvo que adaptarse al mundo cambiante.

Se adaptaron. Lo hicieron muy bien.

El hambre es un impulso formidable para Pablo y su familia. Con el paso de los siglos, los habitantes se adaptaron a la nueva cocina española y la población creció para deleite de la familia de Pablo. La población creció no sólo en número sino también en tamaño a medida que introdujeron más almidón en la dieta diaria. A medida que la población crecía en número, la familia de Pablo festejaba más, pero ahora también eran más notorios.

Los españoles comenzaron a sospechar, por lo que la familia de Pablo tuvo que ser cautelosa, pero aun así se dieron un festín. Cuando los españoles fueron expulsados, la Guardia local transfirió sus responsabilidades a la policía nacional, la PNP, y la familia tuvo que idear una nueva estrategia.

La familia de Pablo se había vuelto adinerada y bien educada a lo largo de los siglos, y esto le había dado a Pablo una idea. Al principio, el escepticismo de la familia surgió de ellos, pero cuando él invirtió su propio dinero en la empresa y a medida que el éxito crecía, sus mayores comenzaron a invertir fondos también.

La brillante idea de Pablo era tan simple que "sólo a un pishtaco se le podría haber ocurrido", pensó. En lugar de preocuparse de que la población local siguiera la moda mundial de "comer sano", Pablo invirtió todo su dinero en el primer McDonald's local en la ciudad costera de Máncora y, antes de que te dieras cuenta, los "Arcos Dorados" habían crecido a más de treinta en la provincia local.

La risa interrumpió sus pensamientos al bajar de la playa. Mira y ve a un pequeño grupo de adolescentes sentados alrededor de una fogata comiendo, y sonríe al ver grandes bolsas de hamburguesas de su tienda local.

Pablo pensó: "Oh, bueno, será mejor que cene" mientras él se dirige hacia la orilla para su selección.

TELENOVELA

El ruido es insoportable. Camiones de larga distancia, hot rods, viejos consumidores de gasolina de tiempos pasados que pasan zumbando a gran velocidad, día y noche, y la policía no hace nada o no les importa, pensó Francisco Miguel, Frankie para sus compañeros de cuarto y amigos, cuando se recostó en su cama individual mirando el techo recién pintado.

Ah, América. La tierra de las oportunidades.

Calles pavimentadas de oro, o eso pensaron sus padres cuando abandonaron Cuba durante la crisis de los misiles cubanos en 1962 y se instalaron en un pequeño pueblo con el curioso nombre de Doradilla, en el estado de Georgia.

Nació en el hospital local un año después y vivió toda su vida en la misma zona donde se establecieron sus padres; papá consiguió un trabajo en la planta de Ford y mamá limpiando casas. A lo largo de los años, reunieron lo suficiente para el pago inicial de una pequeña casa de dos habitaciones. Eran felices a pesar de que era una lucha, y Frankie lo supo desde temprana edad, y cuando ingresó a la escuela secundaria, Frankie consiguió un trabajo a tiempo parcial y lo mantuvo durante toda su época universitaria, ahorrando para estudiar y ayudar a sus padres a salir cuando las cosas estaban difíciles.

Frankie, mientras estudia su primer año en la Universidad Estatal de Georgia y espera obtener un título en contabilidad, continúa con el mismo trabajo que tenía cuando estaba en la escuela secundaria. Disfrutaba su trabajo y ganaba algo de dinero mientras trabajaba en Zesto's, una hamburguesería descuidada donde la gente sabía que la grasa de las hamburguesas era terrible para su salud, pero se hizo Zesto's, bueno, Zesto's es tan sabroso, y los clientes seguían viniendo por más y no les importaba si luego morían a causa de ello.

La vida era buena para Frankie y sus padres hasta el día del accidente automovilístico. Sus padres conducían desde la iglesia una mañana y un automóvil se pasó una señal de alto y chocó con el auto de los padres de Frankie, matándolos instantáneamente.

Sin seguro de vida, sin seguro de crédito en la hipoteca y con pocos ahorros, Frankie no tuvo más remedio que vender la casa, liquidar el saldo de la hipoteca y tomar el poco dinero que le sobró de la venta y reiniciar su vida; esta vez solo.

Tuvo suerte de que mientras estaba en el centro de estudiantes por la mañana; vio un anuncio de un compañero de cuarto en Doradilla. Frankie la revisó, habló con la casera y luego con los ocupantes actuales de la casa y ambos lo aceptaron en la vivienda grupal.

La casa era propiedad de una tal señorita Marshall que resultó ser una solterona con mucho dinero, pero con un corazón de oro. La señorita Marshall alquiló la casa de cuatro dormitorios con dos baños y sólo cobró un alquiler mínimo de 400 dólares al mes, incluidos todos los servicios públicos. Lo único que los compañeros de cuarto tenían que aceptar, por escrito, era pagar el alquiler y hacer las tareas asignadas a cada uno, que, en el caso de Frankie, consistía en cortar el césped.

Los nuevos compañeros de cuarto compuestos por Marcelo (estudiando la carrera de Administración de Empresas y responsable de todos los trabajos menores de la casa), Pablo (también candidato a la carrera de

Administración de Empresas y se encargaba de todas las tareas de cocina) y Marisol (Licenciada en Ciencias con una concentración en biología, que Marisol esperaba que la ayudara a avanzar hacia la carrera de medicina) y su responsabilidad era asegurarse de que la casa estuviera ordenada y limpia.

Frankie heredó su tarea cuando el anterior compañero de cuarto que se había graduado recientemente de la universidad dejó la casa, de ahí la disponibilidad de habitaciones. A Frankie no le importaba un poco de trabajo si con ello mantenía el alquiler bajo. Pasaba su tiempo entre clases, estudiando, trabajando en Zesto's, cortando el césped y saliendo con sus nuevos compañeros de cuarto.

Al comenzar su segundo año, todo iba muy bien para Frankie. Se llevaba maravillosamente con sus otros tres compañeros de cuarto, cada uno hacía sus quehaceres y la casa estaba bastante bien organizada, limpia y acogedora, pero tenía un problema que se guardaba para sí mismo: Su atracción por Marisol.

Al principio, no le dio mucha importancia. Marisol era amable con todos en la casa. Cuando celebraban una fiesta, ella actuaba como anfitriona principal y se aseguraba de que todos la pasaran genial. Bailó con todos los que asistieron al evento y no prestó especial atención a nadie.

Frankie se enamoró de ella, pero no hizo nada para demostrar que tenía sentimientos. No quería hacer el ridículo y luego romper una maravillosa amistad si Marisol no estaba interesada en él.

Sí, ella le prestó atención llamándolo para recordarle que cuidara el césped, sirviéndole un plato de verduras o algo así cuando los compañeros de cuarto almorzaban o cenaban juntos, o asegurándose de que nunca usara una camisa sucia siempre quitándole el polvo, pero nuevamente, hizo lo mismo con Marcelo y Pablo.

Marisol era simplemente amable, y estaba seguro de que ella no estaba interesada en él de la misma manera que él estaba interesado en ella, porque nunca se lo dijo, así que durante los cuatro años que estuvieron juntos, nunca actuó según sus sentimientos, hasta esta noche cuando sus pensamientos se desviaron y se concentró en Marisol.

Cuando conoció a Marisol, la conoció rápidamente. Ella es inteligente, divertida y tenía una bondad en ella que él desearía poder reunir como una virtud. Marisol era alegre;

su personalidad hacía de la casa un hogar, y su sonrisa traía un rayo de alegría a cualquier habitación en la que entraba.

Marisol también habló con franqueza y te dejaba saber exactamente lo que sentía. Ya fuera política (conservadora), religión (agnóstica), el clima (siempre agradable, sin importar el frío que haga, o lo húmedo y miserable), siempre sabías dónde estaba ella y nunca te hacía sentir mal o incómodo si no estabas de acuerdo con ella.

"Vivir y dejar vivir era su lema", pensó Frankie.

Su risa fue la clave.

Frankie pensó que Marisol era demasiado amable y siempre se reía de sus chistes, o que tal vez debería ir a Las Vegas y probar suerte como comediante.

Durante casi cuatro años, Frankie vivió en la misma casa con Marisol, viéndola, oliéndola, oyéndola reír y ni una sola vez se acercó a ella para tener una cita. Sí, salieron, pero en grupo. A partidos de baloncesto, a una convención de estudiantes o a una reunión de estudiantes, incluso a mítines de estudiantes, pero nunca en una fecha oficial.

Frankie no podía dejar de pensar en ella mientras se acostaba en la cama. Vivir cerca de otras personas le dio a

Frankie una perspectiva que nunca tuvo como hijo único. Marcelo y Pablo revelaron, al principio de su entrevista, que eran homosexuales, pero, parecían grandes tipos y a Frankie no le importaba en qué equipo jugaran, siempre y cuando fueran buenos compañeros de cuarto para él, y Frankie llegó a pensar en ellos como familia a lo largo de los años.

Por mucho que le agradaran Marcelo y Pablo, nunca les compartió sus sentimientos por Marisol. Quizás debería haberlo hecho en el momento en que empezó a tener sentimientos. "La retrospectiva siempre es mejor que la vista", pensó.

Frankie miró su despertador: las 5:19 a.m.

Debió haber estado despierto por más de dos horas, mirando al techo y pensando en Marisol. "Necesito hacer algo al respecto", pensó Frankie. ¿Qué exactamente?, no lo sabía.

¿Debería invitarla a salir? No, están en su último semestre y cada uno tomaría su propio camino. Pensará que es la cena de despedida de un amigo.

¿Quizás quedar con Marcelo y Pablo y ver si pueden dar algún consejo? "Duh", pensó, debería haberlo hecho hace tres años.

Estos cuatro años juntos, Frankie y Marisol se habían consolado mutuamente a través de tragedias y triunfos, pero nunca admitieron abiertamente lo que sentían el uno por el otro, pero Frankie nunca supo si sentía algo por él. No vio ninguna señal de ella al respecto.

Su instinto le decía que necesitaba hacer algo, pero, ¿qué?

¿Debería simplemente decirle cómo se sentía? Si no elegía el enfoque correcto, parecería un idiota, como lo fue muchas veces, pero si no hacía nada, nunca lo sabría.

A Frankie se le estaba acabando el tiempo. Después de mayo, Marisol, él y los demás se graduarían, dejando a la pobre señorita Marshall con la tarea de encontrar a cuatro nuevos compañeros de casa. Lo único que Frankie pudo pensar fue: "Pronto todos tomaremos caminos separados".

"Eso es todo. Necesito hacer algo. Hoy, esta mañana, ahora mismo", susurró para sí.

Frankie va al baño y se da una larga ducha. Luego se afeita meticulosamente, asegurándose de que no se vea ni una sola barba. Quería lucir lo mejor posible esta mañana.

Al regresar a su habitación, su embellecimiento continúa con un rápido corte de uñas en ambas manos y pies. "¿Por qué los pies?", pensó Frankie para sí mismo. No lo sabía, pero le parecía una buena idea.

Una revisión rápida de su armario encuentra su polo Náutica favorito y lo coloca sobre su cama deshecha. Luego los chinos caqui y sus mocasines marrones y se prepara para bajar las escaleras.

Una última mirada al espejo y baja las escaleras y escucha voces en la cocina y cuando entra, ve a sus compañeros de cuarto desayunando en la mesa.

"¡Buenos días, Frankie, estás muy guapo esta mañana! ¿Qué pasa?", dice Marcelo.

"Día especial, amigo mío. ¿Puedo hablar contigo, Marisol?".

Marisol se lleva a la boca la última cucharada de Corn Flakes, los mastica y se levanta para llevar el bol al lavavajillas: "Por supuesto, Frankie. ¿Qué puedo hacer por ti?".

Los instintos de Frankie se apoderan de él en ese momento y sin pensar ni dudar, sostiene el rostro de Marisol en la copa de sus manos y deposita el beso más suave que jamás haya dado en los labios de Marisol; da un paso atrás y espera.

Pablo y Marcelo simplemente miran a Marisol, luego a Frankie y nuevamente a Marisol. El mundo parece haber dejado de girar.

Después de lo que pareció una eternidad, Frankie dice: "Marisol, he estado enamorado de ti durante los últimos cuatro años y no pude expresarte mis sentimientos. Anoche no pude dormir sabiendo que tal vez no volvería a verte después de este semestre. No podía dejarte ir sin decirte cómo me sentía. Sé que te dije esto y probablemente nunca te di una pista de cómo me sentía, pero es lo que es y aquí estoy preguntándote qué sientes por mí".

Marisol continúa parada frente a Frankie sosteniendo el cuenco vacío.

Pablo y Marcelo acercan sus sillas a Marisol y Frankie.

"¡Cuatro años! ¡Esperaste cuatro años para decirme cómo te sentías! ¿Qué pasa con mis cuatro años dándote una pista tras otra sobre lo que sentía por ti? ¿Nunca actuaste según mis insinuaciones y ahora me dices esto y esperas una respuesta?".

"¿Pistas? ¿Qué pistas?".

Pablo y Marcelo acercan aún más sus sillas a Marisol y Frankie. "Esto es mejor que una telenovela, Marcelo", dice Pablo. "Silencio, todo va a mejorar. Apuesto que sí" fue la respuesta de Marcelo.

"¿Qué pistas pides, Frankie? ¿Bueno, dónde debo empezar? Bien, ¿qué tal la cantidad de veces que tuvimos una comida grupal y me paré cerca de ti y te serví puré de papas, judías verdes o cualquier cosa y seguí preguntando si era suficiente? ¿O qué hay de las muchas veces que te llamé para preguntarte si vendrías a casa a cortar el césped y dijiste que lo habías hecho la semana anterior y yo actué como si no lo supiera y persistí en que vinieras a casa y cortaras el césped de todos modos? ¿Agrega a esto las frecuentes veces que te quité el polvo o los pelos imaginarios o cualquier cosa de tus hombros sólo para estar cerca de ti y tocarte? ¿Qué tal si nunca te presenté a ninguna de mis amigas en todas las fiestas que tuvimos aquí? ¿Nunca pensaste que eso era extraño? ¿Necesito continuar, Frankie? ¿Lo hago?".

Fue el turno de Frankie de quedarse allí, con la boca abierta y sin palabras.

"Oh, me encanta el drama, Pablo. Tienes razón. Esta escena es mucho mejor que una telenovela".

"Marisol, yo, yo..."

"¿Qué Frankie? Yo, yo... no me dice nada. ¿Qué tienes que decir?".

Una vez más, Frankie toma el rostro de Marisol en su mano, la besa y él da un paso atrás una vez más.

Un largo y doble suspiro sale de Marcelo y Pablo.

"Está bien", dice Marisol, "acepto tus disculpas", mientras se acerca, toma el rostro de Frankie entre sus manos y lo besa.

"Oh si Pablo, tienes razón; Esto es mejor que una telenovela", dice Marcelo.

SOBRE EL AUTOR

La revolución cubana de 1959 le planteó a José uno de los muchos desafíos de su vida. José nació en La Habana; Cuba y la revolución cubana lo vieron subirse solo a un avión a los once años y llegar a un orfanato en la pequeña ciudad de Washington, Georgia. No volvió a ver a sus padres hasta que cumplió dieciocho años y se graduó de la escuela secundaria en Atlanta, Georgia.

Estudió Administración de Empresas en la Universidad Estatal de Georgia. Desde la universidad, se dirigió al mundo de las finanzas trabajando para el First National Bank de Atlanta (ahora Wells Fargo) y luego se trasladó al mundo de la consultoría financiera trabajando como gerente de proyectos, viajando a muchas asignaciones en los Estados Unidos, Europa y Australia.

José comenzó a escribir su primera novela después de mojarse los pies en la escritura creativa en un grupo de escritores en Camden, Nueva Gales del Sur, Australia. Esto le dio "el gusanillo", como él lo llama, y pronto su mente creó su primer personaje principal, Danny Monk.

Actualmente, José está trabajando en una antología de cuentos cortos basados en sus escapadas del orfanato y otras divertidas experiencias de vida.

Cuando José no está escribiendo, puedes encontrarlo sentado en el centro comercial local observando a la gente e inspirándose para sus futuros personajes.

Cuando no está frente a su computadora trabajando, José está leyendo o pasando tiempo con su esposa en largas y tranquilas caminatas por el área de Camden. Visite www.jfnodar.com.au para obtener más información. Por supuesto, tus comentarios y reseñas siempre serán bienvenidos.

Visita https://jfnodar.com.au/book-reviews y cuéntame qué te pareció esta novela. Bueno, malo o indiferente, agradezco tu honesta opinión. Si tienes algún comentario que desees compartir sobre este libro o cualquiera de mis libros, envíame un correo electrónico a: info@jfnodar.com.au

Te responderé en 24 horas. ¡Gracias por tu compra!

José F. Nodar © 2024